Camp Naturell

Fest der Liebe

Charly van Avalon

www.charly-van-avalon.de

Camping Naturell

Fest der Liebe

Charly van Avalon

Bibliografische Information der Deutschen Nationalbibliothek:
Die Deutsche Nationalbibliothek verzeichnet diese Publikation in der Deutschen Nationalbibliografie; detaillierte bibliografische Daten sind im Internet über dnb.dnb.de abrufbar.

Die automatisierte Analyse des Werkes, um daraus Informationen insbesondere über Muster, Trends und Korrelationen gemäß §44b UrhG („Text und Data Mining") zu gewinnen, ist untersagt.

1. Auflage

© 2024 Charly van Avalon

Lektorat: Katharina Glück
Gegenleser (NL): Tydo und Robin
Covergestaltung: © Sascha Baum

Verlag: BoD · Books on Demand GmbH,
  In de Tarpen 42, 22848 Norderstedt
Druck: Libri Plureos GmbH, Friedensallee 273, 22763 Hamburg

ISBN: 978-3-7597-8794-1

Wie vorhergesagt, fiel an diesem sonnigen Morgen der erste Schnee des Jahres. Basti stand in Hausschuhen und mit Jogginghose, Kapuzenpulli und Schal bekleidet auf Tonis Terrasse. In einer Hand hielt er eine Tasse Kaffee, dessen aromatischer Dampf ihm in die Nase stieg. Leicht bibbernd beobachtete er, wie dicke, weiße Schneeflocken jede Oberfläche bedeckten, die sie erreichen konnten.

»Hallo, du geile Schnitte. Lust auf einen Quickie?«, säuselte Toni in Bastis Ohr. Behutsam umarmte er ihn von hinten und zog ihn sanft an sich.

»Ich glaube, mein Freund hätte was dagegen«, antwortete Basti müde.

»Du hast also einen Freund? Da hat er ja den perfekten Fang gemacht«, flüsterte Toni.

Basti drehte sich um und lächelte Toni liebevoll an. Ihre Lippen suchten sich, dann ihre Zungen.

»Bäh!«, sagte Toni laut und sah Basti angewidert an.

»Wie, bäh?«, fragte Basti verärgert.

»Du schmeckst nach Kaffee.« Toni grinste.

Bastis Miene erhellte sich wieder. Toni war der erste Mensch, den er kennengelernt hatte, der absolut keinen Kaffee mochte. »Selbst schuld. Du siehst doch, dass ich eine Tasse in der Hand halte.«

»Ja, aber ich kann dennoch nicht von dir lassen. Selbst wenn ich mich vergiften würde, würde ich dich berühren wollen«, säuselte Toni liebevoll und küsste Basti zärtlich auf die Stirn.

Basti umarmte Toni und hielt ihn ein paar Augenblicke lang fest, bis er knurrend ausatmete.

»Was ist denn, du Brummbär?«, fragte Toni.

»Ach, ich weiß nicht, ob das so eine gute Idee von deinem Vater ist, die ganze Familie plus Anhang auf eine Berghütte einzuladen, um gemeinsam Weihnachten zu feiern.«

»Du zweifelst doch nur wegen deiner Eltern«, sagte Toni und brachte damit Bastis Sorgen auf den Punkt.

»Seit sechs Monaten erzähle ich ihnen, dass du ein einfacher Mitbewohner bist, bei dem ich nur eingezogen bin, weil ich den Job in der Cocktailbar angenommen habe. Ich weiß absolut nicht, wie ich ihnen beibringen soll, dass ich schwul bin, den besten Mann der Welt zum Freund habe und bei ihm lebe.«

Toni drückte Basti sanft von sich und küsste ihn trotz des Kaffeegeschmacks auf die Lippen. »Bin ich wirklich der beste Mann der Welt?«

Basti nickte schüchtern.

»Das ist so süß von dir! Ich würde dich am liebsten auf der Stelle vernaschen, wenn wir nicht zu dem Treffen mit meinem Vater müssten.«

Basti blickte auf die Wanduhr, die in der offenen Küche hing, und erschrak. »So spät schon? Ich muss noch duschen und mich fertig machen.«

Er eilte zurück in die Wohnung und ließ Toni wie bestellt und nicht abgeholt auf der Terrasse stehen. Der sah amüsiert zu, wie Basti von einem Zimmer ins andere hetzte. Während er mit der einen Hand frische Unterwäsche aus dem Schrank kramte, zog er sich mit der anderen aus. Nackt lief er vom Schlafzimmer ins Bad, blieb stehen und sah Toni an. Langsam ging er auf ihn zu und küsste ihn.

»Schau, was du verpasst. Hättest du mich früher geweckt …«

»Hätte ich dich früher geweckt, hätte ich einen unausstehlichen Morgenmuffel am Frühstückstisch sitzen gehabt«, unterbrach Toni ihn und grinste amüsiert.

»Unausstehlich? So denkst du also von mir?«, fragte Basti gespielt beleidigt.

»Komm, Süßer, ab unter die Dusche!« Toni klatschte sanft auf Bastis nackten Po. »Sonst kann ich für nichts garantieren.«

Toni sah an sich hinunter. Basti folgte seinem Blick und bemerkte, dass sich in Tonis Jogginghose eine dicke Beule geformt hatte. Kichernd ging Basti ins Badezimmer, aber nicht ohne aufreizend mit dem Hintern zu wackeln. Toni stöhnte vor Geilheit, ließ sich auf das große Sofa fallen und schaltete die Nachrichten ein, bevor Basti im Bad verschwand.

Zur Winterzeit wurde der Campingplatz hauptsächlich von Stammgästen besucht, daher waren viele der kleinen Blockhütten belegt. Tonis Vater Giovanni hatte sich ursprünglich im einzigen Luxusbungalow treffen wollen, doch im letzten Moment hatte sich auch dort eine kleine Familie einquartiert. Daher trafen sie sich in einer der wenigen unbenutzten Holzhütten. Basti hätte den Bungalow gerne noch einmal gesehen, denn dort hatte alles angefangen: der Urlaub mit Hannes und die Bekanntschaft mit Linda, einer ehemaligen Angestellten des Campingplatzes, die ihm Toni vorgestellt hatte.

Basti stapfte Arm in Arm mit Toni durch den immer höher werdenden Schnee. Trotz dicker Stiefel, Wollmütze mit Bommel, Schal, dickem Mantel und Thermounterwäsche zitterte Basti. Er wusste nicht genau, ob es die Kälte war oder die Angst, sich bei seinen Eltern outen zu müssen. Wäre Giovanni nicht auf die Idee mit der Familienfeier gekommen, hätte er dieses Problem nicht gehabt und könnte seine Beziehung zu Toni einfach weiter verheimlichen.

Toni schien zu merken, dass Basti zitterte, denn er zog ihn näher an sich, bis sie die Hütte Nummer 9 erreichten. Toni öffnete die Tür und ließ Basti vor sich eintreten. Giovanni stand am Küchentisch und stellte gerade eine Schüssel mit Paprikachips ab. Bella, Tonis Stiefmutter, kochte in der kleinen Kochnische Kaffee. Paul saß am Tisch und knabberte nervös an seinen Fingernägeln.

»Schön, dann sind ja alle da. Ich muss nur noch Titus und seine Mutter ans Telefon bekommen, dann können wir loslegen«, sagte Giovanni aufgeregt.

In der Mitte des Tisches stand ein Konferenztelefon, auf dessen Tasten er eine lange Nummer wählte. Ein Knistern und ein fröhliches »Hallo« nach dem Freizeichen erhellten Bastis Stimmung. Er mochte Tonis niederländischen Stiefbruder sehr und genoss seinen Akzent, wenn er Deutsch sprach.

»Ik ben het, Titus und meine Mama is ook hier«, tönte es aus dem kleinen Lautsprecher.

»Hallo, Titus, schön dich zu hören. Wie geht es euch?«, fragte Toni, während er und Basti sich die warmen Mäntel vom Körper streiften.

»Het gaat goed met ons«, antwortete eine weibliche Stimme. Titus' Mutter sprach nur sehr wenig Deutsch und ließ sich alles von Titus übersetzen.

»Mam, niemand begrijpt Nederlands behalve Toni en Giovanni«, sagte Titus aufgeregt. »Uns geht es gut, sagt meine Mama.«

Als Giovanni sich räusperte und auch Bella am Tisch Platz genommen hatte, schaltete Bastis Gehirn wieder in den Schlimme-Gedanken-Modus. Er stellte sich vor, wie er vor seinen Eltern stand und ihnen Toni vorstellte. Wie seine Mutter einen Heulkrampf bekam und sein Vater lautstark ausflippte. Wie sie ihm vorwarfen, nie so enttäuscht worden zu sein. In seiner Fantasie sah er, wie sein Vater wutentbrannt Bastis letzte Habseligkeiten in den Müll warf und die Möbel in seinem Zimmer vom Sperrmüll abholen ließ. Seine Mutter sammelte weinend alle Bilder von Basti ein und stopfte sie in einen Umzugskarton, den sie auf dem Dachboden verstaute.

»Basti«, rief Giovanni laut und Toni berührte ihn am Knie.

Erschrocken zuckte Basti zusammen und blickte entgeistert in die Gesichter am Tisch.

»Wieder wach?«, amüsierte sich Giovanni. »Du hast das ganze Gespräch verpasst.«

Basti schaute ungläubig auf die Uhr. Er hatte tatsächlich zwanzig Minuten damit verbracht, über die Reaktionen seiner Eltern zu fantasieren, und nichts von dem mitbekommen, was um ihn herum passierte und geredet wurde.

»Machst du dir immer noch Gedanken um dein Coming-out bei deinen Eltern, Schatz?«, fragte Bella mitfühlend und streichelte Basti über die Hand.

Basti nickte. Da war es wieder, das beklemmende Gefühl und die Stiche im Bauch. Wenn er zu intensiv an das Outing dachte, endete es für ihn manchmal sogar im Badezimmer.

»Ich verstehe nicht, warum ihr euch so viele Sorgen macht. Titus ist auch ganz durcheinander, wenn er daran denkt, Paul seiner Mutter und seinem Stiefvater vorzustellen«, sagte Giovanni.

Paul sah kurz auf und nickte bedrückt.

»Nicht jeder ist so tolerant, wie du es bist, Papa«, antwortete Toni.

»Das sind erwachsene Menschen. Die werden doch wohl damit umgehen können. Ich verstehe das nicht.« Giovanni schüttelte den Kopf. »Wenn du bei irgendwas Hilfe brauchst, dann sagst du mir Bescheid. Ja?« Er lächelte Basti an und bekam ein bestätigendes, aber unsicheres Nicken zurück.

Am selben Abend lümmelte sich Basti in Tonis Wohnung auf die Couch. Draußen schneite es unaufhörlich und es hatte sich bereits eine beeindruckende Schneedecke gebildet. Toni heizte den Kamin an und legte sich hinter Basti. Er platzierte seine Hand auf Bastis Brust, dessen fester Herzschlag gegen seine Rippen klopfte.

»Du bist immer noch aufgeregt«, bemerkte Toni.

»Ja. Weißt du, wie Titus sein Coming-out und die Vorstellung von Paul geplant hat?«, fragte Basti und schmiegte sich enger an Toni. Bei ihm tankte er die innerliche Ruhe, die Toni unentwegt ausstrahlte. Er spürte schnell, wie sich sein Herzschlag normalisierte und das leichte Zittern seiner Finger aufhörte.

»Er hat nur gesagt, dass er es gleich am Anfang machen will, damit er Paul nicht in den ersten Tagen wie einen einfachen Freund behandeln muss«, antwortete Toni und strich Basti eine mahagonifarbene Locke aus dem Gesicht.

»Wie würdest du dich outen?«, fragte Basti.

»Das ist schwierig. Ich musste mich nie outen, weil ich nie ein Geheimnis daraus gemacht habe. Aber wenn ich du wäre, dann würde ich es schnell hinter mich bringen wollen. Ich mag diese Heimlichtuerei nicht.«

Basti seufzte laut und sein Gedankenkarussell kreiste unaufhörlich. Erst als Toni leise, monotone Atemgeräusche von sich gab, schlief auch Basti in Tonis Armen ein.

Der Tag vor Heiligabend kam schneller als gedacht. Toni und Paul luden die letzten Koffer und Taschen in Giovannis großen Chevrolet Pick-up. Bella hatte es sich schon auf dem Beifahrersitz bequem gemacht und Giovanni instruierte ein letztes Mal seine Mitarbeiter, die über die Feiertage auf dem Campingplatz die Stellung hielten. Basti rutschte in die Mitte der Rückbank. Nachdem Toni die Laderaumabdeckung geschlossen hatte, stiegen er und Paul zu ihm. Dank der Größe des Geländewagens hatten sie zu dritt ausreichend Platz, um es sich während der Fahrt gemütlich zu machen.

Mit den Worten »Jetzt aber schnell los« setzte sich Giovanni hinters Steuer, zog die Tür zu, startete den kraftvollen Motor und rollte zügig vom Campingplatz.

Zu Beginn der Fahrt war Basti still und hatte seinen Kopf auf Tonis Schulter gelegt. Ununterbrochen stellte er sich die schlimmsten Reaktionen seiner Eltern vor. Seine Stimmung war im Keller, obwohl er solche Ausflüge und Familientreffen im Grunde mochte. Toni versuchte, ihn aufzuheitern. Aber erst als Paul mit ihm herumalberte, musste Basti lachen.

In den wenigen Monaten, die Basti nun bei Toni wohnte, war Bella eine gute Freundin geworden. Einmal pro Woche fuhren sie in die nahe gelegene Kleinstadt zum Shoppen. Danach setzten sie sich in Bellas Stammcafé und tranken Prosecco, während sie jeden Mann, der an ihnen vorbeiging, mit einer Note zwischen eins für extrem abstoßend und zehn für extrem attraktiv bewerteten. Sie hatten viel Spaß dabei und lernten ihre Geschmäcker kennen, die zum Teil sehr weit auseinanderlagen. Sie erzählten sich fast alles aus ihrem Leben, und Basti sah in ihr nicht mehr nur Tonis Stiefmutter oder Giovannis Ehefrau. Nie war ihm eine Frau so nah gewesen wie sie. Deshalb kannte sie auch seine Sorgen wegen seines Coming-outs und sagte ihm jedes Mal, dass er nicht wissen könne, wie seine Eltern reagieren würden. Aber auch das beruhigte ihn kaum.

»Noch eine halbe Stunde, dann müssten wir da sein«, informierte Giovanni seine Fahrgäste.

»Endlich, ich muss pinkeln wie ein Elch«, stöhnte Paul und hielt sich beide Hände an den Bauch.

Auf den letzten Kilometern ging es nur noch bergauf. Der geräumte Schnee türmte sich autohoch an den Straßenrändern. Ein unscheinbares Schild mit der Aufschrift »Mogelbuschalm« ragte aus einem Schneehaufen und zeigte nach rechts zu einem verschneiten Weg.

»Gut, dass die Kiste Allrad hat«, stöhnte Giovanni und fuhr vorsichtig durch den zentimeterhohen Schnee. Tiefe Schlaglöcher schüttelten die Karosserie. Basti rutschte mal zu Toni und dann wieder zu Paul, bis Toni ihn umarmte und fest an sich drückte. Paul stöhnte bei jeder kleinsten Bewegung und presste die Lippen zusammen.

Nachdem sie eine Waldschneise hinter sich gelassen hatten und einer scharfen Kurve gefolgt waren, entdeckten sie endlich ihr Ziel. Ein Raunen ging durch das Auto.

»Giovanni, bist du verrückt? Sag nicht, du hast das ganze Teil für uns gemietet?«, meckerte Bella ungläubig.

»Nein, ich habe es gekauft«, antwortete Giovanni stolz.

Keiner brachte ein Wort heraus. Alle staunten nur über den riesigen Palast. Ein dreigeschossiges Holzhaus mit großem Anbau, umringt von meterhohen Tannen, thronte vor einem schneebedeckten Bergmassiv.

»Dieses Hotel wurde vom Vorbesitzer regelrecht heruntergewirtschaftet. Ich habe schon vor Monaten eine Armee von Handwerkern beauftragt, alles wieder tipptopp in Schuss zu bringen. Seit einer Woche sind die Arbeiten abgeschlossen und die Hoteldirektorin ist damit beschäftigt, Personal einzustellen. Es ist noch nicht klassifiziert, aber ich nehme nichts unter fünf Sternen an«, erklärte Giovanni, als alle ausstiegen.

Vom Hoteleingang kamen zwei Pagen herbeigelaufen, die sich um das Gepäck kümmerten. Eine Frau im Businesskostüm eilte zu ihnen und lächelte übertrieben freundlich. Sie schüttelte jedem die Hand und stellte sich als Bettina Hofschnapper vor, die Hoteldirektorin.

»Tut mir leid, aber ich kann nicht mehr. Irgendwo in diesem Palast muss es doch eine Toilette geben«, jammerte Paul und lief leicht gebeugt auf den gläsernen Haupteingang zu.

»Wenn Sie reinkommen, gleich links und dann geradeaus«, rief Frau Hofschnapper Paul hinterher und wandte sich dann wieder dem Rest der Gruppe zu. »Folgen Sie mir bitte.«

Sie führte sie zur Rezeption und schwärmte von den Verschönerungen und der luxuriösen Ausstattung, die das Hotel erhalten hatte. Durch ihre schnellen Kopfbewegungen schien ihr schulterlanges, blondes Haar wie im Wind zu wehen. Ihr junges Gesicht strahlte aufrichtig bei der Aufzählung des teuren Inventars. Basti war sich sicher, dass sie ihren Job liebte.

Plötzlich wirbelte Frau Hofschnapper herum und rief einen jungen Mann herbei, der scheinbar zufällig im hinteren Teil des Gebäudes herumlief.

»Herr Caruso, ich muss Ihnen Herrn Delgado vorstellen«, sagte Frau Hofschnapper zu Giovanni und führte ihn zu dem sehr jung aussehenden Mann. »Ein Ausnahmetalent, kann ich Ihnen sagen. Ohne ihn hätten wir die letzten Monate nicht überstanden.«

Herr Delgado lehnte mit beiden Händen in den Hosentaschen an einer Wand. Den Schirm seiner knallroten Baseballkappe hatte er in den Nacken gedreht. Erst als Giovanni und die Direktorin vor ihm standen, richtete er sich auf und streckte Giovanni die Hand entgegen.

»Willkommen, ich bin Mateo, Leiter des Gebäudemanagements.«

Normalerweise verweilte Bastis Blick nicht länger als wenige Sekunden auf fremden, gut aussehenden Männern. Schließlich war er mit Toni zusammen und wollte keinen Grund zur Eifersucht aufkommen lassen. Doch Mateos Erscheinung verlangte mehr Aufmerksamkeit. Obwohl Hotelangestellte üblicherweise Arbeitskleidung trugen und Manager im Regelfall Businesskleidung, hatte Mateo lässig Bluejeans und einen roten Wollpullover an, auf den ein Weihnachtsmannkopf mit Wollmütze gestickt war. Kurzes, glänzend schwarzes Haar umrahmte sein markantes, männliches Gesicht. Bei jedem Lächeln blitzten die schneeweißen Zähne zwischen den gut durchbluteten Lippen hervor. Seine schlanke Statur und sein sonnengebräunter Teint ließen nicht nur Frauenherzen höher schlagen. Ihm fehlte nur noch ein Schleifchen um den Kopf, dann hätte Basti ganz vorne in der Schlange gestanden, um das Geschenk auszupacken.

»Mateo, das sind Herr Caruso, der Hotelbesitzer, und seine Familie«, sagte Frau Hofschnapper. »Herr Delgado hat einen Meister in Gebäudetechnik und studiert Elektrotechnik. Dabei ist er gerade erst 24 Jahre alt. Er hat die ganzen Umbau- und Renovierungsarbeiten geleitet. Fast hundert Arbeiter haben auf sein Kommando gehört«, schwärmte sie.

»Freut mich sehr. Das ist meine Frau Bella, mein Sohn Toni und sein Freund Basti«, sagte Giovanni. »Und der junge Mann, der es so eilig hatte, auf die Toilette zu kommen, ist der Freund meines anderen Sohnes. Er, seine Mutter und sein Stiefvater reisen aus den Niederlanden an. Außerdem erwarten wir noch die Eltern von Basti und …« Giovanni hielt abrupt inne.

»Sie haben uns die Anzahl der Gäste ja mitgeteilt. Alles ist für Sie und die Ankunft der Nachzügler vorbereitet. Das Gepäck wurde bereits auf Ihre Zimmer gebracht. Sie können sich frisch machen oder einen Drink an der Hausbar nehmen. Der Schwimm- und Wellnessbereich steht Ihnen natürlich ebenso zur Verfügung wie die Dachterrasse, die ich Ihnen wärmstens empfehlen kann«, warb die Direktorin.

Basti rätselte, warum Giovanni bei der Aufzählung der Gäste ins Stocken geraten war. Vor allem, weil er alle aufgezählt hatte, von denen Basti wusste. Waren etwa noch mehr Leute eingeladen? Wer? Er nahm sich vor, Toni später zu fragen, ob er bei der Besprechung doch mehr verpasst hatte, als er glaubte.

»Wir gehen kurz aufs Zimmer«, beschloss Bella und zog ihren Mann zu der breiten Treppe, die in die oberen Stockwerke führte.

»Ich glaube, meine Mutter ist nicht sehr begeistert davon, dass mein Vater den Klotz hier gekauft hat«, flüsterte Toni in Bastis Ohr.

»Sollen wir auch auf unser Zimmer?«, fragte Basti leise.

Toni nickte. »Ich habe da einen medizinischen Notfall, der dringend behandelt werden muss«, flüsterte Toni und sah an sich hinunter. Er hob seinen Pullover ein wenig an und Basti sah, wie ausgefüllt Tonis Hose war.

»Dann solltest du pinkeln gehen«, antwortete Basti und tat so, als wäre ihm Tonis Erektion egal.

»Ey, so kannst du mich doch nicht stehen lassen.« Toni schaute entsetzt drein und gab Basti einen Knuff auf die Schulter.

»Dafür will ich dich morgen Abend, wenn der ganze Trubel vorbei ist, ganz für mich allein haben«, entgegnete Basti und setzte sein bestes Pokerface auf.

»Du hast gewonnen«, schmunzelte Toni und gab Basti einen Kuss.

»Folgen Sie mir, ich bringe Sie zu Ihren Zimmern«, rief die Direktorin und überholte Bella und Giovanni auf der Treppe. Genau in diesem Moment kam Paul sichtlich erleichtert zurück und schloss sich der Zimmerbesichtigung an. Währenddessen ging Mateo wortlos zum Haupteingang und verschwand in der winterlichen Natur.

Nachdem alle im dritten Stock angekommen waren und Frau Hofschnapper sie auf die Suiten verteilt hatte, schloss Basti vorsichtig die Tür hinter sich. Vorhänge verdunkelten den großen Raum, in dem sich ein Steinkamin, eine gemütliche Sitzecke und ein Schreibtisch befanden. Ein abgetrennter Bereich mit einem breiten Doppelbett lag in der hinteren Ecke, und ein luxuriöses Badezimmer mit begehbarer Dusche, Eckbadewanne und Fußbodenheizung vervollständigte die Suite.

»Nimm mich jetzt, auch wenn ich stinke, denn sonst sag ich …«, sang Toni leise und tänzelte vor Basti herum, der sich ein Lachen nicht verkneifen konnte.

»Komm her, mein müffelnder Italiener«, sagte Basti und schnappte sich Toni.

Wild küssend tänzelten sie durch das Zimmer und rissen sich beinahe die Klamotten vom Leib. Rücklings landeten sie auf dem Bett. Basti spürte Tonis harte Latte an seinem Bauch. Er griff hinunter und rieb sie erst vorsichtig, dann immer schneller. Toni stöhnte leise, als er feucht wurde. Basti küsste Tonis Hals und wanderte hinab zu den Brustwarzen. Er umzüngelte sie und knabberte sanft daran. Seine Hand wurde bei jeder Bewegung feuchter und er pausierte die Verwöhnung, damit Toni nicht zu schnell erlöst werden würde. Der sah ihn flehend an und konnte kaum die Augen offen halten, als Basti über seinen Schaft leckte und die Eichel in den Mund nahm.

Toni stöhnte erneut und vibrierte am ganzen Körper. Basti entließ die rot glühende Eichel aus seinem Mund und rieb wieder langsam an Tonis triefendem Schwanz. Während er ihn mit der Hand verwöhnte, leckte er am Vorhautbändchen, was bei Toni zu heftigen Zuckungen führte, die von lautem Stöhnen begleitet wurden.

Basti fühlte, wie Toni immer härter wurde, und bemerkte, wie sein Atem stockte. Mit weit aufgerissenen Augen bäumte er seinen Oberkörper auf.

Ein erlöstes Ausatmen begleitete den ersten kraftvoll Spermaschwall, der Toni fast bis ans Kinn gespritzt war. Ein schneller zweiter und dritter Schub flossen über Bastis Hand, bis sich Toni wieder aufbäumte und stöhnend eine weitere Spermafontäne ankündigte, die sich großflächig über seinen Oberkörper verteilte. Er zuckte immer wieder, als Basti auch den letzten Rest Liebessaft aus ihm herausgemolken hatte.

»Du bist der Beste! Puh, war das heftig«, stöhnte Toni erschöpft und hob den Kopf, um sich die Sauerei anzusehen.

Basti stand auf, holte ein Handtuch aus dem Bad und warf es Toni zu. Seine Keule schwebte verführerisch vor ihm und gewann Tonis Aufmerksamkeit.

»Und jetzt schauen wir mal, wie wir dir helfen können«, flüsterte Toni und sprach mehr zu Bastis Latte als zu ihm selbst.

Er umfasste den Pimmel und zog ihn vorsichtig zu sich heran, bis Basti in seine Arme fiel und sich beide im Bett herumwälzten. Toni küsste und liebkoste Basti an allen erdenklichen Körperstellen, aber seine Leistengegend vermied er bewusst. Basti spürte, wie sein Schwanz immer mehr Geilheitsflüssigkeit auf seinem Bauch verteilte, und war kurz davor, zu explodieren, doch dann ließ Toni wieder von ihm ab. Dieses Auf und Ab seiner Geilheit und das vorzeitige Abstoppen vor dem Höhepunkt trieben Basti in den Wahnsinn.

Nach schier endlosen Minuten setzte sich Toni auf Bastis Beine. Ihre harten Liebesstängel berührten sich und wippten hin und her. Toni schien für ein zweites Mal bereit zu sein, und schließlich nahm er beide Pimmel in eine Hand und rieb sie zusammen, bis ihre Körper im Takt zuckten und abwechselnd ihre Ladungen über Bastis Körper verteilten. Erschöpft sackte Toni auf Basti und verschmierte ihre ausgestoßene Geilheit zwischen ihren Bäuchen. Erst als Basti spürte, wie Tonis Schwanz an Festigkeit verlor und er selbst ebenfalls immer schlaffer wurde, küsste er Toni leidenschaftlich. Die beiden streichelten sich noch eine Weile, bis sie gemeinsam unter der großen Dusche verschwanden, um das Ergebnis ihres Treibens abzuspülen.

Während sie das Hotel erkundeten, erinnerte Basti sich wieder an die Situation, als Giovanni bei der Vorstellung der Gäste plötzlich innegehalten hatte. »Warum hat dein Vater abrupt gestoppt, als er uns vorgestellt hat? Habt ihr noch mehr Leute eingeladen?«

»Ich weiß auch nicht, wen er noch aufzählen wollte. Bella hat ihre Tochter aus erster Ehe eingeladen, aber davon weiß mein Vater nichts. Es sei denn, er hat es herausgefunden und tut so, als hätte er keine Ahnung«, erklärte Toni.

»Bella hat eine Tochter? Das hat sie mir nie erzählt. Dann hast du ja eine angeheiratete Patchwork-Schwester.«

»Ja, so kann man es ausdrücken.«, Toni lachte. »Lea war selten bei uns zu Besuch. Im Grunde kenne ich sie gar nicht richtig. Aber wenn sie da war, waren wir fast unzertrennlich.« Das Lächeln auf Tonis Gesicht wich einem bedrückten Gesichtsausdruck.

Am Ende ihres Rundgangs trafen die beiden in der Lobby auf Bella, Giovanni und Paul, die an der Hotelbar saßen.

»Basti, Schatz, komm zu mir«, trällerte Bella, winkte ihn fröhlich zu sich und setzte sich mit ihrem

Champagnerglas an einen Tisch nahe der Bar. »Und wie gefällt euch euer Zimmer?«

Basti löste sich aus Tonis Umarmung und setzte sich zu Bella. »Sehr groß und luxuriös, besonders das Badezimmer hat es mir angetan«, antwortete er verträumt.

»Und der Whirlpool auf dem Balkon und der Blick auf die Berge. Traumhaft«, schwärmte Bella.

»Whirlpool?«, fragte Basti erstaunt. Jetzt erst fiel ihm auf, dass er vergessen hatte, die Vorhänge aufzuziehen.

»Sag bloß, du hast ihn nicht entdeckt. Ich glaube, dass man da drin viel Spaß haben kann«, sagte Bella, zwinkerte ihm zu und kicherte leise.

Wenn du wüsstest, wie viel Spaß Toni und ich gerade im Bett hatten, dachte Basti und grinste verwegen. Er blickte kurz zu Toni, der mit Paul tuschelte. *Was haben die denn für Geheimnisse?*

»Ja, du weißt, was ich meine«, sagte Bella und grinste mit ihm.

»Toni hat mir erzählt, dass du eine Tochter hast?«, fragte Basti vorsichtig.

»Also hat Toni gepetzt.«

»Na ja, nicht direkt. Ich habe ihn gefragt, warum sich Giovanni bei der Vorstellung plötzlich selbst unterbrochen hat. Es klang so, als wäre noch jemand eingeladen.«

Bella sah ihn misstrauisch an. »Dann habe ich mir das doch nicht eingebildet. Ja, ich habe meine Tochter Lea eingeladen, aber davon weiß Giovanni nichts. Außer er hat es irgendwie rausbekommen.« Ihr Blick bohrte sich in Bastis Augen.

»Ich habe nichts gesagt. Ich wusste ja gar nicht, dass noch jemand kommt. Und Toni hat es ganz sicher nicht verraten. Außer mir erzählt er niemandem irgendwelche Geheimnisse«, verteidigte sich Basti.

»Ja, ich weiß. Vielleicht hat sich die Direktorin verplappert. Ändern kann ich jetzt eh nichts mehr daran.«

»Und wie ist Lea so?«, fragte Basti.

Bellas Gesicht erhellte sich wieder. »Ich bin so stolz auf sie. Sie ist 26 Jahre alt und wird bald ihr Studium in Schiffbau und Meerestechnik abschließen. Davor war sie zwei Jahre als Au-pair in Australien. Sie ist so ein kluges Mädchen.«

»Toni hat erzählt, dass sie selten bei euch war.«

»Ihr Vater«, Bellas Blick wurde finster, »hat sie jahrelang von mir abgegrenzt. Sein Mädchen sollte sich nicht an ein Schickimicki-Zuhause gewöhnen. Sie sollte bodenständig aufwachsen. Daher habe ich sie meist weit weg vom Campingplatz getroffen. Im Nachhinein betrachtet war das vielleicht gar nicht so falsch.«

Plötzlich stand Paul am Tisch. »Darf ich mich zu euch setzen? Ohne Titus fühle ich mich irgendwie verloren.«

»Aber natürlich, Schatz, setz dich. Trink ein Glas Kribbelwasser mit uns«, antwortete Bella und schenkte ihm Champagner ein.

Paul exte sein Glas und sah Basti besorgt an.

»Machst du dir Gedanken über Titus' Coming-out?«, fragte Basti.

Paul nickte. »Und was ist mit deinem?«

Basti senkte den Blick. »Ich habe wirklich Angst, dass meine Eltern mich verstoßen. Ich kann kaum schlafen, und wenn ich aufwache, bin ich schweißgebadet.«

»Jungs, seht mal, wer da kommt«, rief Bella aufgeregt.

Kaum hatte Paul seinen Liebsten Titus erblickt, lief er auch schon auf ihn zu. Im Hintergrund beäugten Titus' Eltern die beiden. Basti erwartete eine liebevolle Umarmung und einen langen Kuss, aber die beiden gaben sich nur die Hand und klopften sich gegenseitig auf die Schultern. In ihren Gesichtern sah er Sorge und Angst. So kannte er das Liebespaar gar nicht. Es war schockierend.

So wird es Toni und mir auch gleich gehen, wenn meine Eltern ankommen. Wenn nur dieses blöde Fest nicht wäre.

»Das sind meine Mutter Nele und mein Stiefvater Jan«, sagte Titus.

Nach dieser wortkargen Vorstellungsrunde verschwanden Titus' Eltern auf ihrem Zimmer. Kaum waren sie die Treppe hochgegangen, umschlangen sich Paul und Titus und gaben sich einen langen, feuchten Kuss. Die Sehnsucht und Gier aufeinander waren ihnen anzusehen, und wenn Basti nicht irrte, waren sie sichtlich erregt.

»Endlich sind wir angekommen«, stöhnte Titus. »Das nächste Mal fliegen wir.«

»Ich habe es euch angeboten«, rief Giovanni, der wieder an der Bar saß.

Jetzt konnte auch Toni Titus herzlich umarmen. »Wenn deine Mutter nicht so eine Flugangst hätte.«

»Seid mir nicht böse, aber ik wil me even etwas frisch machen«, sagte Titus und sah Paul leidenschaftlich an.

»Dann mal los und treibt es nicht so lang«, kicherte Basti und zwinkerte Titus zu. Wie von der Tarantel gestochen rannten die beiden Jungs die Treppe hinauf zu ihrem Zimmer. Toni ging auf Basti zu und umarmte ihn. Eine Hand glitt unter Bastis Pullover und streichelte seinen Rücken.

»Und wir zwei? Ich könnte schon wieder«, flüsterte Toni in Bastis Ohr und küsste ihn auf die Wange.

»Sorry, aber ich muss dauernd an meine Eltern denken. Da krieg ich keinen hoch.«

Toni lächelte mitleidig und schlug vor, spazieren zu gehen, um Basti auf andere Gedanken zu bringen.

Es war später Nachmittag, als Basti und Toni zurück in die Lobby kamen. Sie schüttelten sich den Neuschnee von den Mänteln und hörten eine lautstarke Diskussion. An der Rezeption standen sich Titus und Paul sowie Titus' Eltern gegenüber. Basti verstand kein Wort, und auch Toni schien Mühe zu haben, das aufgeregte Niederländisch zu verstehen. Trotz des Kauderwelschs konnte Basti aber sehr gut erahnen, was vorgefallen war.

Titus umarmte Paul vor seinen Eltern und gab ihm einen Kuss. Erneut schrie Jan laut auf und fuchtelte wild mit den Armen. Nele stand weinend neben ihrem Ehemann und versuchte vergeblich, ihn zu beruhigen. Nachdem sich Titus und Jan weitere Minuten angebrüllt hatten, stampfte sein Stiefvater die Treppe hinauf Richtung Zimmer. Nele versuchte, ihren Sohn am Arm zu berühren, aber er zog ihn weg. Er warf seiner Mutter einen wütenden Blick zu, drehte sich um und zog Paul hinter sich her, während er flüchtete.

Giovanni und Bella saßen an der Hotelbar und schauten dem Spektakel erschrocken zu. Es fehlten nur noch Popcorn und mit Käse überbackene Nachos, und sie wären als Kinobesucher durchgegangen. Aber Bella erholte sich schnell vom Geschehen, hüpfte vom Barhocker und ging zügig auf Titus' Mutter zu, um die weinende Frau in den Arm zu nehmen. Giovanni schaute zu Basti und Toni und zuckte mit den Schultern. Während Bella und Titus' Mutter auf der Toilette verschwanden, gingen sie zu Giovanni.

»Was war denn das?«, fragte Toni schockiert.

»Das war Titus' Coming-out«, antwortete Giovanni kopfschüttelnd.

Basti blieb das Herz stehen. Ein glühendes Schwert durchbohrte seine Brust. Sein Magen rumorte und erneut plagten ihn Bauchschmerzen. Er spürte, wie die Angst in ihm hinaufkroch und langsam sein Hirn in eine graue Wolke hüllte. Angstschweiß perlte über seine Stirn. Keuchend wie ein Lungenkranker japste er nach Luft und konnte sich kaum noch auf den Beinen halten. Er spürte starke Arme, die ihn auffingen, bevor alles um ihn herum dunkel wurde.

Basti hörte, wie sich Toni mit einer Frau unterhielt. Langsam öffnete er die Augen. Alles drehte sich und sein Magen knurrte besorgniserregend.

»Hey, mein Süßer. Du bist wieder bei uns. Wie geht es dir?«, fragte Toni sanft.

»Ich habe Hunger«, antwortete Basti benommen und versuchte, sich aufzusetzen.

»Vorsicht! Du bist noch nicht ganz fit. Bleib im Bett, ich hole dir was zu knabbern. Lea, kannst du bitte so lange auf ihn aufpassen?«

»Aber klar doch. Geh du nur«, antwortete die Frauenstimme.

Bastis Sicht wurde langsam klarer und er erkannte, dass er im Bett seiner Suite lag. Vor ihm stand eine junge Frau mit langen, braunen Haaren. Sie lächelte ihn an und setzte sich auf die Bettkante.

»Hi, ich bin Lea, Tonis Schwester. Wenn man das so nennen kann.«

»Ich bin Basti. Wann bist du angekommen?«

»Etwa vor einer Stunde«, antwortete Lea.

Basti sah auf den Wecker, der neben seinem Bett stand. Fast zwei Stunden war er ausgeknockt gewesen. Er stöhnte leise und hielt sich die Hand an die feuchte Stirn.

»Entschuldige, dass du mich so kennengelernt hast. Normalerweise begrüße ich die Leute aufrecht und in wachem Zustand.«

»Alles in Ordnung. Giovanni kam auch ins Wanken, als er mich sah. War eine echte Überraschung für ihn, dass meine Mutter mich eingeladen hat.«

»Er war überrascht? Wir dachten, er hätte die Überraschung vorher spitzbekommen«, antwortete Basti nachdenklich.

»Nee, das war echt! Er ist fast umgefallen«, erzählte Lea. »Toni hat mir erzählt, dass du große Angst hast, dich vor deinen Eltern zu outen, und deswegen umgekippt bist. Stimmt das?«

»Ja, ich …«

Die Zimmertür wurde aufgestoßen und Toni stürmte hechelnd mit einem riesigen Tablett voller Chips, Kekse, Schokolade und anderen Süßigkeiten in den Raum. »Ich habe alles mitgenommen, was ich kriegen konnte. Aber warmes Essen gibt es erst heute Abend.« Er stellte das Tablett auf eine Kommode, schnappte sich drei Kekse und ging schnell zu Basti. Einen Keks gab er Lea, einen anderen hielt er Basti unter die Nase. »Das sind die, die du so gerne magst.«

Basti kaute zufrieden und spürte sofort, dass es seinem Magen guttat. Er entriss Toni den zweiten Keks und knabberte mit Lea um die Wette.

»Ich hatte Angst um dich. Warum bist du zusammengebrochen?«, fragte Toni besorgt.

»Ich weiß auch nicht. Es war auf einmal so heiß und dann ist mir schwarz vor Augen geworden. Und mein Magen …«

»Dein Magen spielt seit Tagen verrückt. Weißt du, woran das liegt?«, fragte Toni provokant.

Beschämt schüttelte Basti den Kopf, obwohl er genau wusste, warum sein Magen rebellierte.

»Weil du nichts isst!«

»Junge, du musst essen«, sagte Lea fürsorglich.

»Jaja«, antwortete Basti niedergeschlagen. »Ihr könnt euch nicht vorstellen, wie viel Angst ich davor habe, von meinen Eltern verstoßen zu werden. Ich meine, ich komme zwar nicht so gut mit den Ansichten meines Vaters klar, wenn es ums Arbeiten geht, aber er ist und bleibt mein Vater, der mit mir Hausaufgaben gemacht hat, mit mir draußen Ball gespielt hat und immer auf mich geachtet hat.

Das Gleiche gilt für meine Mutter. Sie ist die liebste ...« Basti sah Toni an und räusperte sich. »... zweitliebste Person, die ich kenne. Sie würde alles für mich tun. Mir ihr letztes Kleid geben, wenn sie müsste, nur damit es mir gut geht. Ich will sie nicht verlieren.«

Toni umarmte Basti, der den Tränen nahe war. »Wer sagt denn, dass du sie verlierst? Vielleicht reagieren sie ganz anders, als du es dir vorstellst.«

»Mein Vater wird das nicht verstehen. Glaub mir, es ist besser, wenn ich gehe. Ich will nicht das Gleiche erleben wie Titus«, sagte Basti weinend, stieg vorsichtig aus dem Bett und legte seinen Koffer vor den Schrank.

Toni sah ihn entsetzt an. »Du willst weg? Jetzt? Was sollen wir deinen Eltern sagen? Was soll ich meinem Vater sagen? Und was ist mit mir?«

»Was soll ich denn sonst machen?«, antwortete Basti heiser und warf die erste Ladung Kleidung in den aufgeklappten Koffer.

Nun sah Toni so aus, als würde er jeden Moment losheulen. Lea, die still in einem Sessel saß, ging zu Basti und legte ihm die Hand auf die Schulter.

»Was wäre, wenn deine Eltern glauben würden, dass du hetero bist? Würdest du dann hierbleiben? Zumindest bis nach Heiligabend?«, fragte Lea.

Toni sah sie verwirrt an und auch Basti hatte nur Fragezeichen im Kopf.

»Was meinst du?«, stotterte Toni.

»Ich könnte so tun, als wäre ich Bastis Freundin. Und du, Toni, bleibst einfach ein sehr guter Freund. Aber halt nicht sein Freund. Versteht ihr?«, erklärte Lea.

Toni schüttelte den Kopf. »Nein! Das kann und will ich nicht. Dann müsste ich mich genauso verstecken und wir müssten meinen Eltern alles erklären, damit ihnen nichts Falsches rausrutscht. Und glaub mir, das würde Titus gar nicht gefallen. Er hat gehofft, sich gemeinsam mit dir zu outen. Wenn du ihm jetzt in den Rücken fällst, gerade nach dem, was heute passiert ist, wird er dich mit dem Arsch nicht mehr angucken.«

Basti überlegte und kam zu dem Schluss, dass er die Idee trotzdem gut fand. »Ich muss an mich denken. An uns. Bitte sag nicht Nein!«

Toni seufzte laut und ließ den Kopf hängen. Ein leises »Okay« entwich seiner Kehle. Glücklich sah er allerdings nicht aus. Das konnte Basti verstehen, aber es waren keine zwei Tage und dann würde alles wieder beim Alten sein.

Als Sie Tonis Eltern und Paul in Leas Plan einweihten, waren sie genauso zurückhaltend wie Toni. Ihnen missfiel die Schauspielerei, aber sie willigten schließlich ein, so zu tun, als wäre Basti mit Lea zusammen.

Kurz vor dem Abendessen trafen Bastis Eltern ein. Auch sie waren mit dem Zug angereist, denn Bastis Vater hatte Sorge, mit dem Auto im Schnee stecken zu bleiben. Und für Schneeketten wollte er kein Geld ausgeben. Diskutierend wie immer stiegen sie aus dem Taxi und winkten Basti, Toni und Lea zu, die sich am Hoteleingang postiert hatten.

»Sebastian, ich habe dich vermisst«, sagte Bastis Mutter, umarmte ihn fest und gab ihm je einen Kuss auf die Wangen.

»Hallo, Sebastian. Schön, dich zu sehen. Ist das deine Freundin?«, fragte Bastis Vater ohne Umschweife.

»Herbert!«, rief Bastis Mutter empört.

»Was denn, Thea? Man darf doch fragen, oder?«

»Hallo, Frau und Herr Müller. Ich heiße Lea und bin Bastis Freundin.« Artig schüttelte Lea den beiden die Hand. Toni zuckte kurz zusammen und warf Basti einen traurigen Blick zu.

»Und Sie sind der neue Chef meines Sohnes?«, fragte Herbert und reichte Toni die Hand.

»Nein, Herr Müller. Basti ist mein Mitbewohner«, antwortete Toni zögernd.

»Ah so. Du bist doch der, der auf dem Campingplatz wohnt. Habt ihr eigentlich ein richtiges Dach über dem Kopf? Erzählt mir nicht, dass ihr in einem Zelt lebt«, sagte Herbert entsetzt.

Toni warf Basti einen vernichtenden Blick zu, drehte sich um und ging wortlos ins Hotel.

»Nicht sehr nett, dein Mitbewohner«, urteilte Bastis Vater, bevor er von seiner Frau aufgefordert wurde, ebenfalls hineinzugehen.

Basti ließ seinen Eltern den Vortritt und sah Lea besorgt an.

»Toni ist stinksauer«, flüsterte sie ihm zu.

Basti nickte. Er wusste, dass Toni kurz vor der Explosion stand. Aber was sollte er machen? Sie mussten sich an den Plan halten. Nur so konnte er dem Coming-out entgehen.

Das gemeinsame Abendessen war eine Mischung aus Festmahl mit Freunden und Familie und Friedensverhandlung zwischen verfeindeten Parteien, die nicht aufeinander zugehen wollten. Während sich Giovanni, Bella und Lea mit Bastis Eltern unterhielten, saßen Toni und Paul schweigend am Tisch und machten Gesichter wie drei Tage Regenwetter. Titus hatte sich extra weiter weg von seinen Eltern gesetzt und warf ihnen immer wieder böse Blicke zu. Aber auch Basti sah er mit einem Gesichtsausdruck an, der nichts Gutes ahnen ließ. Basti war sich sicher, dass er von ihm den Marsch geblasen bekommen würde, sobald er ihn alleine anträfe. Innerlich bedauerte er die ganze Situation. Titus' katastrophales Coming-out lastete genauso schwer auf seiner Seele wie seine eigenen Lügen gegenüber seinen Eltern. Wenn nur Jan anders reagiert hätte. Aber er hatte gut reden, denn sein eigener Vater würde vermutlich genauso ausflippen.

Giovanni stand auf und räusperte sich laut, als der Tisch nach dem Essen abgeräumt wurde.

»Ich freue mich, euch alle hier begrüßen zu dürfen, und bin froh, dass wir Weihnachten als Familie zusammen verbringen«, sagte Giovanni und hob sein Sektglas.

Basti hörte, wie sein Vater seiner Mutter zuflüsterte: »Familie? Was habe ich mit denen zu tun?«

Bastis Mutter gab ihrem Mann zu verstehen, dass er ruhig sein sollte.

»Ich freue mich auch über neue Gesichter in der Familie. Zum einen Thea und Herbert Müller, die Eltern von Basti. Und Nele, die Mutter von Titus, meinem jüngsten Sohn, die extra aus den Niederlanden angereist ist«, fuhr Giovanni fort und erhob erneut sein Glas.

Den meisten Gästen fiel auf, dass Giovanni Titus' Stiefvater nicht erwähnt hatte. Vor allem Jan, der Stiefvater, sah Giovanni mürrisch an und rutschte auf seinem Stuhl hin und her, als wollte er jeden Moment aufstehen und gehen.

Alle am Tisch prosteten sich zu, außer Titus und Toni. Schmollend und regungslos saß Titus auf seinem Stuhl, und Toni machte ebenfalls keine Anstalten, der Aufforderung seines Vaters zu folgen.

Bastis Vater flüsterte seiner Frau erneut etwas zu. »Ich kapiere nicht, was der immer mit Familie hat. Der Holländer da hinten, der seinem schwulen Sohn gestern die Leviten gelesen hat, ist vielleicht seine Familie. Aber wir doch nicht!«

Bei der Art, wie sein Vater das Wort »schwul« aussprach, wurde Basti ganz schlecht. Er konnte nicht anders, als ihm einen vernichtenden Blick zuzuwerfen. Der sah ihn, zuckte mit den Schultern und machte ein fragendes Gesicht.

»Hör jetzt auf, Herbert!«, ermahnte ihn Thea leise.

Giovanni sah auf den kleinen Spickzettel in seiner Hand und atmete tief durch.

»Bitte fühlt euch hier im Hotel wie zu Hause. Ihr dürft alle Einrichtungen benutzen. Der Pool ist schön warm, und ich habe mir erlaubt, die große Sauna einheizen zu lassen. Ihr könnt auch spazieren gehen oder euch an der Hotelbar treffen. Alles geht aufs Haus, also keine Scheu. Morgen früh erwartet uns ein reichhaltiges Frühstücksbuffet, und wer möchte, kann ab zehn Uhr mit uns einen Ausflug zum

Berggipfel machen. Abends feiern wir dann Heiligabend zusammen. Lasst euch überraschen! Und jetzt: Habt einen schönen Abend zusammen!«

Giovanni wollte sich gerade hinsetzen, als ihm etwas einzufallen schien und er wieder aufstand.

»Jan, kann ich dich kurz unter vier Augen sprechen?«, schob Giovanni nach und sah zu Titus' Stiefvater. Kurz darauf verschwanden die beiden in der Hotelhalle.

Nele versuchte immer wieder, Blickkontakt mit ihrem Sohn aufzunehmen, aber Titus blieb stur, nippte an seinem Cola-Glas, und wenn er jemanden ansah, dann nur Paul.

Bastis Eltern verwickelten Lea als vermeintliche zukünftige Schwiegertochter in ein Gespräch. Ein günstiger Moment für Basti, um mit Toni zu sprechen.

»Kommst du mit raus, etwas frische Luft schnappen?«

»Willst du nicht hören, was deine Freundin zu sagen hat?«, fragte Toni und sah Basti zerknirscht an.

»Ich denke, Lea kann sich auch ganz gut alleine mit meinen Eltern unterhalten. Aber wenn du nicht willst, gehe ich eben ohne dich«, antwortete Basti beleidigt und stand auf.

Eigentlich wollte er mit Toni in Ruhe reden, um die schlechte Stimmung zwischen ihnen aufzulockern, aber anscheinend hatte Toni an seiner Beleidigte-Leberwurst-Manier Gefallen gefunden.

Basti besuchte die Hoteltoilette, bevor er hinaus in die Natur wollte. Als er vor dem Pissoir stand und seinen Lümmel ausrichtete, hörte er, wie sich hinter ihm die Tür öffnete.

»Je bent een slechte vriend!«, hörte er Titus' vorwurfsvolle Stimme. »Hoe durf je mij zo te verraden?«

Basti konnte sich nicht zu ihm umdrehen, sonst hätte er auf den Boden gepinkelt. Daher sprach er gegen die Wandfliesen vor ihm. »Titus, bitte. Du weißt, dass ich kein Niederländisch spreche.«

»Du bist ein Verräter und ein schlechter Freund.« Titus' Stimme zitterte. »Du wolltest dich auch outen. Und jetzt versteckst du dich wie ein feiges Huhn. Ist ja auch leicht, wenn man bei einem Freund sieht, wie so was nach hinten losgehen kann. Du bist so ein Feigling. Ich will, dass du ab sofort Abstand von mir hältst. Sonst garantiere ich für gar nichts!«

Basti hörte, wie Titus die Toilette verließ, und erst, als die Tür zufiel, war er mit dem Pinkeln fertig. Dabei hätte er ihn gerne in den Arm genommen und versucht, zu erklären, warum er sich vor dem Outing drückte. Jetzt fühlte er sich nicht nur schlechter als vorher, sondern auch gebrochen. Er hatte einen Freund verletzt und vielleicht sogar verloren.

Basti wurde kalt, ein Schauer lief ihm über den Rücken, und beim Händewaschen bemerkte er, wie seine Finger zitterten. Er hatte keine Lust mehr, spazieren zu gehen. Niemand wollte mit ihm reden. Alle gingen ihm aus dem Weg. Erneut spielte er mit dem Gedanken, vorzeitig abzureisen.

Als Basti in den Saal zurückkehrte, in dem sie zu Abend gegessen hatten, kam Lea auf ihn zu, gefolgt von seinen Eltern. Sie nahm seine Hand und gab ihm ein Luftküsschen. Basti wurde schlecht, aber seine Eltern sahen sie zufrieden an.

»Ihr seid ein schönes Paar«, sagte Herbert und griff nach der Hand seiner Frau.

Ein paar Meter weiter stand Toni zusammen mit Paul und beobachtete, wie Basti und Lea Händchen hielten. Dann drehte er sich um, ließ Paul stehen und ging aus dem Saal.

»Ihr werdet schöne Kinder haben. Meine Enkelkinder«, schwärmte Bastis Mutter.

»Wenn die Zeit reif ist«, antwortete Lea wie aus der Pistole geschossen.

Basti ließ Leas Hand los, entschuldigte sich und verließ ebenfalls den Saal. Die letzten Meter rannte er zu den Toiletten. Er stieß eine Toilettenkabine auf und übergab sich lautstark.

Basti öffnete die Tür zu ihrer Suite. Zielstrebig ging er zum Bett, in dem Toni und er sich vor Kurzem noch geliebt hatten. Mit der Fernbedienung in der Hand zappte er durch die Programme, konnte sich aber nicht wirklich aufs Fernsehen konzentrieren.

Wie lange soll ich das durchhalten? Lea spielt ihre Rolle echt gut – zu gut. Und wo ist Toni abgeblieben? Hasst er mich jetzt?

Er seufzte laut.

Fast alle haben Zoff, und das nur, weil man sich als nicht-hetero outen muss. Warum müssen sich Heten nicht dazu bekennen, dass sie dicke, dünne, große, kleine, blonde oder auch kahle Frauen mögen? Warum kann die Gesellschaft nicht einfach jeden Menschen so akzeptieren, wie er ist, ohne dass er herausposaunen muss, auf wen oder was er steht?

Sein Gehirn war wie von einer Wolldecke umhüllt. Er fühlte sich eingeengt. Alles lastete auf ihm und der Druck nahm ihm für einen Moment die Luft.

Warum ist nicht wenigstens Toni auf meiner Seite?

Es war beinahe Mitternacht, als Toni die Suite betrat. Er warf Basti einen vorwurfsvollen Blick zu, ging dann aber wortlos ins Badezimmer. Basti hörte das Wasser in der Dusche plätschern. Normalerweise hätte er zusammen mit Toni daruntergestanden. Es war der erste Streit, den sie seit dem Missverständnis mit Titus vor ein paar Monaten hatten. Und war es überhaupt ein Streit? Schließlich hatte Toni zugestimmt, dass Lea so tat, als wäre sie seine Freundin.

Basti schaltete den Fernseher aus, drehte sich auf die Seite und schloss die Augen. Er hörte noch, wie Toni versuchte, es sich auf der Couch schräg gegenüber dem Fernseher bequem zu machen, bevor er traurig einschlief.

Schweißgebadet wachte Basti auf. Es war mitten in der Nacht und das Mondlicht durchflutete das Zimmer. Immer wieder tauchten die Gesichter seiner Eltern, von Lea und Toni vor seinem inneren Auge auf. Angst machte sich in ihm breit und sein Unterbewusstsein zwang ihn zur Flucht. Er konnte nicht mehr klar denken, während er leise seinen Koffer packte. Eigentlich dachte er gar nichts mehr. Nur seine Urinstinkte trieben ihn noch an.

Es gelang ihm, sich aus dem Zimmer zu stehlen, ohne dass Toni aufwachte. Leise trottete er den Gang entlang, bis er die Treppe erreichte, die hinunter in die menschenleere Lobby führte. Mit einem Surren öffneten sich die automatischen Eingangstüren des Hotels. Draußen schneite es ununterbrochen. Die dicken, weißen Flocken hatten eine beeindruckende Winterlandschaft herbeigezaubert. Die grau schimmernden Berggipfel wurden vom schwachen Mondlicht angestrahlt. Nur der kühle, aber nicht eisige Wind verursachte ein stetiges Rauschen in Bastis Ohren. Bei jedem Schritt knirschte der Schnee unter seinen Stiefeln, und schnell wurde ihm klar, dass er bei diesem Wetter nicht weit kommen würde. Außerdem hörte er Tonis Stimme in seinem Kopf: »Versprich mir, dass du nie wieder wegläufst!«

Das hatte Toni zu ihm gesagt, als er damals weggelaufen war, weil er Titus für Tonis neuen Freund gehalten hatte. Und Basti hatte es Toni versprochen.

Also befreite er eine Holzbank in der Nähe des Hoteleingangs vom Schnee und setzte sich. In der Ruhe der winterlichen Natur versuchte er, einen klaren Gedanken zu fassen.

Was mache ich hier eigentlich? Ich kann nicht einfach weglaufen, oder doch? Toni wird mich hassen! Wenn ich gehe, verliere ich ihn. Und wenn ich bleibe, verliere ich meine Eltern.

Wenige Minuten später hörte er das Surren der Hoteltüren. Jemand stapfte auf ihn zu.

»Willst du abhauen?«, fragte Paul vorsichtig.

Basti drehte sich zu ihm um und schenkte ihm ein gezwungenes Lächeln. »Ich wollte, aber der Schnee ... Und ich kann das Toni nicht antun. Egal, was ich mache, ich verliere. Ich weiß einfach nicht mehr weiter. Und was machst du um diese Uhrzeit hier?«

»Ich konnte nicht schlafen und dachte, etwas frische Luft würde mir guttun.«

Basti war froh, dass es wenigstens einen gab, der sich mit ihm unterhalten wollte. Obwohl Paul das Leid seines Freundes ertragen musste, was auch Basti zu verantworten hatte.

»Wie geht es Titus?«

Paul setzte sich neben Basti auf die Bank und schob seine in Handschuhe eingepackten Hände zwischen seine Beine, um sie zu wärmen. »Nicht so gut. Er isst kaum, weint, wenn er alleine ist, und lässt nicht mit sich reden. Abgesehen davon, dass er stinkwütend auf seinen Stiefvater ist.«, er machte eine kurze Pause. »Und auf dich.«

Basti senkte den Kopf. Alles tat ihm so leid. »Ja, ich weiß. Ich sollte zu ihm stehen. Mich auch outen und keine Freundin erfinden, um meine Sexualität zu verbergen.«

»Weißt du, ich glaube, Titus nimmt es dir gar nicht krumm, dass du dich bei deinen Eltern nicht outen willst. Ihn stört nur, dass du so tust, als wärst du jemand anderes. Und diesen Jemand mag er nicht.«

»Ich glaube, Toni sieht das genauso«, murmelte Basti leise.

»Titus wird sich damit abfinden, dass sein Stiefvater negativ über Homosexualität denkt. Auch wenn er ihn am liebsten auf der Stelle in den Wald jagen würde, liegt ihm seine Mutter am Herzen, und die hat absolut nichts gegen seine Neigung. Sie mag mich sogar, aber sie steht zwischen den Stühlen. Und Titus versteht nicht, warum sie nicht für ihn Partei ergreift. Verzwickte Situation.«

Basti antwortete nicht. Eine graue Grübelwolke hatte sich in seinem Kopf festgesetzt. Was sollte er bloß tun?

»Ich will dir ja nicht vorschreiben, was du machen sollst, aber tu Titus und Toni einen Gefallen: Sei so, wie du wirklich bist. Du musst deinen Eltern nicht ins Gesicht sagen, dass du schwul bist. Lass sie es selbst herausfinden, indem du Basti bist, so wie wir dich kennen.«

»Du hast ja recht. Aber wenn ich der Basti bin, den ihr kennt, dann verliere ich meine Eltern.«

»Dann solltest du dir überlegen, wer dir wichtiger ist: deine Eltern oder Toni.«

Basti senkte den Kopf und schaute in den Schnee, der vor ihm lag, als würde er darin die Lösung für sein Dilemma finden.

»Komm, wir trinken noch einen Absacker an der Bar und gehen dann schlafen, es sei denn, du willst immer noch flüchten«, schlug Paul gähnend vor.

Basti schüttelte den Kopf und trottete mit seinem Koffer hinter ihm her.

Laut gähnend wachte Basti im Bett der Suite auf. Die Vorhänge waren aufgezogen und gleißende Helligkeit brannte in seinen müden Augen.

Als er in der Nacht zurück ins Zimmer gekommen war, hatte er seine Sachen wieder ausgepackt, als hätte er nie abhauen wollen. Zu seiner Erleichterung hatte Toni nichts von alldem bemerkt.

Nun war er verschwunden, und Basti wachte zum ersten Mal seit Monaten alleine auf. Dass Toni ohne ein Wort gegangen war, machte ihn traurig. Wieder einmal wurde ihm schmerzlich bewusst, dass er ohne Toni nicht vollständig war.

Warum mache ich es mir nur so schwer?

Stöhnend quälte er sich aus dem Bett. Sein erster Blick fiel auf den Balkonboden, wo er die Teakholzdielen nicht mehr sehen konnte. Er ging zur Balkontür und sah ungläubig hinaus. Es hatte anscheinend die ganze Nacht geschneit, denn alles, was er sah, war Schnee. Meterhoher Schnee. Das Hotel war völlig eingeschneit.

Er sah auf die Uhr und wunderte sich nicht mehr, dass er todmüde war. Sie zeigte kurz nach sieben an. Basti musste laut gähnen.

Nach dem Toilettengang stieg er unter die Dusche und drehte das warme Wasser auf. Ein schriller Mädchenschrei schallte durch das Badezimmer und ließ den großen Spiegel über dem Waschbecken erzittern. Mit einem Satz sprang Basti aus der Dusche und wäre beinahe auf dem Fliesenboden ausgerutscht. Das Wasser war eiskalt. Eine Gänsehaut lief Basti über den ganzen Körper. Seine Zähne klapperten, und wenn er sich nicht täuschte, sah er im Spiegel, wie seine Haut leicht bläulich anlief.

»Scheiße, was ist hier los?«, sagte Basti laut zu sich selbst und warf sich einen Bademantel über. Das Wasser am Waschbecken war ebenfalls frostig kalt, also beschloss er, hinunter zur Rezeption zu gehen.

Nur mit Badelatschen und Bademantel bekleidet stapfte Basti die Treppe hinunter ins Erdgeschoss. Auf halbem Weg hörte er Stimmen, die wild durcheinanderredeten. An der Rezeption erkannte er Toni, Bella und Paul, die mit der Direktorin diskutierten. Frau Hofschnapper wiederum telefonierte mit jemandem.

Toni sah Basti an, als wollte er ihm einen Guten-Morgen-Kuss geben, doch er hielt sich gezwungenermaßen zurück und verzog das Gesicht.

»Morgen«, grummelte er ihm entgegen.

Basti rückte ganz nah an Toni heran und gab ihm einen innigen Kuss. Toni sah Basti verwundert an.

»Jetzt bist du der Brummbär«, sagte Basti verschmitzt und bemerkte, wie Paul ihm zuzwinkerte.

»Hast du keine Angst, dass deine Eltern uns sehen?«, fragte Toni leise und sah sich um.

»Doch, aber sie sind gerade nicht hier. Außerdem hast du mir gefehlt. Also riskiere ich es«, sagte Basti trotzig.

»So risikofreudig kenne ich dich gar nicht«, erwiderte Toni.

»Ich mich auch nicht«, antwortete Basti, entfernte sich einen Schritt von Toni und sah sich nach seinen Eltern um.

»Okay, und wie machen wir jetzt weiter?«, fragte Toni.

Basti sah verunsichert auf seine Badelatschen und wackelte mit den Zehen. »Ich denke, wir machen erst mal so weiter wie geplant«, nuschelte Basti leise, während er immer noch nach unten sah.

»Also mit Lea als deiner Freundin?«

Basti zuckte mit den Schultern und konnte Toni nicht in die Augen sehen.

»Wie du meinst«, sagte Toni enttäuscht und wandte sich von ihm ab.

»So, in dreißig Minuten gibt es wieder warmes Wasser. Mateo ist schon dabei, die Heizungsanlage wieder in Betrieb zu nehmen. Irgendwo ist ein Rohr geplatzt oder so was. Also wieder ab auf die Zimmer und ab acht Uhr gibt es Frühstück. Hoffen wir mal, dass es heute mit der Bergtour klappt. Ist ja enorm viel Schnee runtergekommen«, berichtete Bella und lächelte Toni und Basti an.

»Ja, mal sehen. Erst mal duschen!«, sagte Basti und wartete darauf, dass Toni mit ihm ging. Doch Toni blieb eisern stehen.

»Geh schon mal vor. Ich muss mit Paul reden«, sagte Toni emotionslos.

Basti sah die beiden fragend an, ging dann aber ohne Toni zurück in die Suite.

Jetzt habe ich Toni schon wieder vor den Kopf gestoßen. Warum habe ich solche Angst, mich zu entscheiden? Und was haben die beiden schon wieder zu bequatschen? Wieso darf ich nicht dabei sein? Da ist doch irgendwas im Busch.

Nachdem das warme Wasser wieder durch die Leitungen floss, sich alle frisch gemacht und gemeinsam im Hotelrestaurant gefrühstückt hatten, räusperte sich Giovanni laut.

»Wie ihr sicher gehört und gesehen habt, sind wir eingeschneit. Im Moment kann man das Hotel nur mit dem Schneemobil erreichen. Aber keine Sorge, wir haben alles hier, was wir über die Weihnachtstage benötigen. Die

Bergtour können wir allerdings vergessen. Die Hütte ist unter dem Schnee begraben. Daher bleibt uns nichts anderes übrig, als uns hier im Hotel zu beschäftigen.«

Bella sprang blitzschnell auf und lächelte über beide Ohren. »Ich würde gerne mit den Frauen im Kaminzimmer einen Kaffeeklatsch machen. Habt ihr Lust?«

Dabei sah sie Nele, Lea und Thea an. Alle drei nickten zögernd.

»Was ist mit euch beiden? Wollt ihr lieber zu uns kommen oder was mit den Männern unternehmen?«, fragte Bella und sah Titus und Basti an.

Basti blieb ein Kloß im Hals stecken. Bellas Nachfrage war unvorsichtig gewesen. Sie würde vermutlich Fragen bei seinen Eltern aufwerfen. Trotz des flauen Gefühls in der Magengegend spürte Basti auch eine Art Neugierde, als er beobachtete, wie seine Eltern ihn erstaunt ansahen. Was dachten sie wohl gerade? Er wollte seine Entscheidung, ob er sich bei den Frauen oder bei den Männern aufhalten würde, jedoch nicht von der Reaktion seiner Eltern oder seinem persönlichen Wunsch abhängig machen. Er wollte abwarten, wie Titus sich entschied, denn das wäre die Gelegenheit, endlich wieder mit ihm zu sprechen. Obwohl Titus ihn gewarnt hatte, ihn in Ruhe zu lassen.

»Ik komme mit euch mit«, sagte Titus und warf Jan einen verächtlichen Blick zu.

»Ich auch«, antwortete Basti knapp und sah aus den Augenwinkeln, wie die Gesichtszüge seines Vaters für eine Millisekunde entgleisten. Er bemerkte aber auch, dass Titus ihn erst fragend und dann missbilligend ansah.

Toni ignorierte ihn völlig. Es tat weh, so links liegen gelassen zu werden. Die Angst, Toni zu verlieren, mischte sich wieder mit der Angst, seine Eltern zu verlieren. Ein Druck baute sich in Bastis Bauch auf und sein Kopf fühlte sich gespalten an. Als Lea ihn an der Hand nahm und mit ihm ins Kaminzimmer gehen wollte, wurde ihm schlecht. Er entschuldigte sich knapp, lief zu den Toiletten und würgte sein Frühstück wieder aus.

Im Kaminzimmer war es mollig warm. In der offenen Feuerstelle knisterte das Holz. Vor dem Kamin war ein Halbkreis aus gemütlichen Sesseln aufgestellt, und eine junge Frau servierte Kaffee, Kuchen und, was bei Bellas entspannten Runden nicht fehlen durfte, Sekt.

»Warum bist du nicht bei den Männern?«, war die erste Frage, die Thea in den Raum warf. Dabei musterte sie ihren Sohn von oben bis unten, bevor sie sich in einen Sessel fallen ließ.

»Das wüsste ich auch gerne«, brummte Titus und sah Basti herausfordernd an.

Basti hatte geahnt, dass er mit dieser Frage konfrontiert werden würde. Aber er hatte auch gehofft, dass sie erst später gestellt werden würde. Nachdenklich setzte er sich neben seine Mutter und trank einen Schluck Kaffee. Als sich auch die anderen gesetzt hatten, nahm Bella ihm die Antwort ab.

»Basti und ich sind jede Woche in der Stadt und wir haben immer viel Spaß miteinander. Deswegen habe ich ihn gefragt, ob er bei uns sein möchte.«

Thea schien mit dieser Antwort nicht zufrieden zu sein, und Titus stieß ein Lachen aus.

»Und das ist wirklich der Grund?«, warf Titus zweifelnd in den Raum.

Bella bedachte Titus mit einem bösen Blick, der sofort eingeschüchtert weggucke und sich in seinem Sessel zurücklehnte.

»Mama, ich bin gerne mit Bella unterwegs. Aber das ist nicht der einzige Grund, warum ich bei euch Frauen bin«, antwortete Basti gezwungen.

Die Kaffeetasse klapperte auf dem Unterteller in seiner Hand, daher stellte er sie schnell auf einen Beistelltisch. Seine Seele wollte es hinausposaunen: »Ich bin schwul!« Aber sein Verstand sträubte sich dagegen. Damit er nicht lügen musste, blieb er einfach bei der Wahrheit.

»Ich bin hier, weil Titus sich entschieden hat, bei euch zu sein.«

Titus sah auf und warf Basti einen fragenden Blick zu. »Jetzt bin ich schuld?«

»Nein, so habe ich das nicht gemeint. Ich wollte mit dir sprechen und dachte, dass ich hier die beste Möglichkeit dazu habe. Ich möchte nicht, dass du wütend auf mich bist. Du bist mein Freund und ich möchte, dass du wieder mit mir redest und mir die Chance gibst, mich zu erklären.« Basti wischte sich mit den Fingern über die Augen und versuchte, die Tränen zu unterdrücken.

Titus rührte sich nicht und verzog keine Miene. Thea sah aus, als wären ihre Gedanken in einer Endlosschleife von Fragen gefangen. Lea nippte an ihrer Kaffeetasse und blickte erwartungsvoll in die Runde. Bella stellte ihren

Kaffee beiseite, nahm sich ein Glas Sekt und trank einen großen Schluck. Nele legte eine Hand auf die ihres Sohnes.

»Ik muss me entschuldigen«, sagte sie in gebrochenem Deutsch. Sie umschloss Titus' Hand und drückte sie fest. Dabei sagte sie etwas auf Niederländisch, was Titus mit Tränen in den Augen nach und nach übersetzte.

»Ich muss mich entschuldigen. Wenn mein Mann nicht so ausgeflippt wäre, als Titus sich geoutet hat, wäre das alles nicht passiert. Er wäre nicht zusammengebrochen, wir hätten keinen Arzt holen müssen und Basti hätte keinen Streit mit ihm.«

Ein Schmerz durchfuhr Basti. Kein körperlicher. Es schmerzte ihn, zu erfahren, dass Titus unter der Last seines Coming-outs kollabiert war. Dass tatsächlich ein Arzt hatte kommen müssen, um nach ihm zu sehen. Er dachte an seinen eigenen Zusammenbruch, und plötzlich erschien er ihm gar nicht mehr so wichtig. Titus' Wohlergehen lag ihm mehr am Herzen als sein eigenes.

Titus übersetzte weiter. »Alles wäre prima gewesen, wenn ich zu meinem Sohn gehalten hätte. Es tut mir zwar in der Seele weh, aber ich werde meinen Ehemann vor eine Entscheidung stellen müssen. Entweder nimmt er meinen Sohn so an, wie er ist, oder er darf gehen.«

Beim letzten Satz fiel Titus seiner Mutter in die Arme. Das Schluchzen der beiden nebelte die Frauenrunde in Mitgefühl ein.

Obwohl Thea vermutlich nur zur Hälfte verstanden hatte, was dieser Vortrag mit ihrem eigenen Sohn zu tun hatte, suchte sie Bastis Hand, ergriff sie und drückte sie liebevoll.

Titus erhob sich aus seinem Sessel und ging zögernd auf Basti zu. Basti wusste nicht, wie er reagieren sollte. Er befürchtete das Schlimmste und hoffte doch auf etwas Gutes. Titus streckte ihm die Hand entgegen, die Basti, ohne zu zögern, ergriff. Titus zog ihn aus dem Sessel und umarmte Basti fest. »Lass uns kurz rausgehen.«

Als Titus und Basti vor dem Kaminzimmer ins Foyer traten, sahen sie die anderen Männer, die sich an der Bar unterhielten. Als wenn Toni und Paul einen Basti-Titus-Annäherungsradar besäßen, blickten sie zu den beiden und lächelten erleichtert.

Als sich auch Herbert und Jan, die Väter der beiden, zu ihnen umdrehten, packte Titus Basti am Arm und zog ihn in einen der Umkleideräume des Schwimmbads.

»Wie willst du mir dein Verhalten erklären? Du hast dich in einen Fremden verwandelt, seit deine Eltern hier sind. Alle, die du magst, sind dir egal geworden. Du stößt jeden mit deinem Getue vor den Kopf, nur um deinen Eltern zu gefallen. Merkst du das denn nicht?«, fragte Titus, als er Basti losließ und die Tür hinter ihnen schloss.

So hatte sich Basti das Gespräch nicht vorgestellt. Eigentlich hatte er Titus erklären wollen, was ihn zu dieser Verwandlung bewogen hatte, doch nun wurde ihm genau diese vorgehalten. Niedergeschlagen setzte sich Basti auf eine der Holzbänke. Hatte er sich wirklich so verändert? In zwei Tagen würde doch alles wieder beim Alten sein.

Titus ging vor Basti auf und ab. »Je länger du dein Schauspiel mit Lea aufrechterhältst, desto weiter entfernt sich Toni von dir. Giovanni und Bella wissen gar nicht mehr, was sie sagen dürfen und was nicht. Und mir gegenüber brichst du dein Versprechen, dich zusammen mit mir zu outen. Den ganzen Stress mit meinem Stiefvater muss ich alleine bewältigen. Ich hatte gehofft, du stehst mir bei. Aber so, wie du dich benimmst, kann ich auch darauf verzichten.«

Basti blieb kurz die Luft weg. War es wirklich so schlimm? »Was ist mit Paul?«, fragte er unsicher.

Titus schaute ihn traurig an. »Paul und ich haben seit dem Vorfall mit meinem Stiefvater kaum gesprochen.«

Basti war entsetzt. Er hätte niemals geahnt, dass Titus' Schmerz so tief saß, dass er sogar seiner großen Liebe aus dem Weg ging. Voller Mitleid und Schuldgefühle sah er in Titus' zittrig funkelnde Augen.

»Außerdem wollte ich das mit dir zusammen machen und durchstehen. Das ist etwas, das uns beide verbindet. Paul musste sich nie outen. Er ist so aufgewachsen, genau wie Toni. Die beiden mussten sich nie verstellen.«

»Ich wollte letzte Nacht abhauen«, stammelte Basti. »Wenn der viele Schnee nicht gewesen wäre …«

Titus hob den Kopf und sah ihn mitleidig an. »Weglaufen ist keine Lösung.«

»Paul hat mich letzte Nacht draußen gefunden und mit mir geredet. Er hat mich zum Nachdenken gebracht. Ich sitze in der Zwickmühle. Ich weiß nicht, warum, aber etwas in mir weigert sich, eine Entscheidung zu treffen. Und ich weiß nicht mehr weiter. Ich verzweifle langsam.«

»Eigentlich ist es ganz einfach: Wenn du mit Lea weiterhin das schöne heterosexuelle Paar spielst, verletzt du Toni und wirst ihn im schlimmsten Fall verlieren. Die

Beziehung zu Bella und Giovanni wird darunter leiden und die Freundschaft zu Paul und mir ebenfalls. Willst du wirklich wieder so leben wie früher, als du Toni noch nicht kanntest? Allein in deinem Zimmer? Deine Homosexualität bis an dein Lebensende verheimlichen? Nur um deinen Eltern zu gefallen?«

Titus setzte sich neben Basti auf die Bank und seufzte. Basti liefen ein paar Tränen über die Wangen. Er wollte nie wieder so sein wie früher. Er wollte mit Toni zusammen sein.

»Ich kenne dich mittlerweile ein wenig. Du willst es immer allen recht machen. Nur manchmal geht das nicht. Es gibt nicht immer die perfekte Lösung. Das musste ich mir selbst auch eingestehen. Ich will so sein, wie ich bin, und mich nicht verstellen müssen, egal was die anderen Menschen von mir denken. Und ich habe mich entschieden, bei Paul zu bleiben, egal was passiert.« Titus machte eine kurze Pause. »Ich habe meinen Schmerz an Paul weitergegeben, und das hat er nicht verdient. Das erkenne ich jetzt. Und du solltest Toni nicht das Gleiche antun. Wenn du dich nicht outen willst, dann lass es. Aber bitte sei wieder der Basti, den ich im Wald kennengelernt habe.«

Als die beiden Jungs wieder zurück im Kaminzimmer waren, bekamen sie noch mit, dass ausgiebig über Mateo, den Gebäudemanager, gesprochen wurde. Lea war ganz rot im Gesicht und sah aus, als wäre sie bei etwas ertappt worden.

»Hey, wusstet ihr, dass Lea mit Mateo flirtet?«, posaunte Bella ihnen entgegen.

Basti sah Titus an. Sie schüttelten den Kopf.

»Der ist niedlich. Schnapp ihn dir, Süße!«

»Mama!«, keuchte Lea gespielt empört.

»Also ist Lea doch nicht deine Freundin. Dachte ich mir schon«, sagte Bastis Mutter so, dass es alle mitbekamen.

Sofort wurde es still im Raum. Basti wurde übel.

»Thea ich …«, begann Lea, aber Basti unterbrach sie.

»Nein, Mama, ich habe keine Freundin«, sagte er und setzte sich in seinen Sessel. Endlich war es raus. Schlagartig verschwand seine Übelkeit.

Thea lächelte ihn an. »Nein, aber du hast Toni, stimmt's? Du kannst dich verstellen, wie du willst, aber ich kenne dich besser, als du denkst. Wie lange seid ihr schon zusammen?«

Die anderen Anwesenden lauschten angespannt dem Gespräch.

»Seit dem ersten Abend im Campingurlaub mit Hannes«, antwortete Basti wahrheitsgemäß. Sein Herz hämmerte unerbittlich gegen seine Rippen. Er wagte es nicht, seiner Mutter ins Gesicht zu sehen, obwohl er keinerlei Enttäuschung, Missbilligung oder gar Wut in ihrer Stimme hörte. Im Gegenteil, sie sprach liebevoll und fürsorglich, als wäre ihr Beschützerinstinkt geweckt worden und sie müsste erst mal abwägen, ob Toni eine Gefahr für ihren Sohn darstellte.

»Toni ist also nicht nur dein Mitbewohner? Und ihr lebt nicht nur auf einem Campingplatz?«, fragte sie weiter.

»Nein, Mama. Ich liebe Toni über alles. Ich bin fest mit ihm zusammen. Aber wir leben tatsächlich auf einem Campingplatz. Aber nicht so, wie du dir das vielleicht vorstellst. Tonis Eltern, Bella und Giovanni, sind die Besitzer des Platzes. Sie haben dort ein großes Haus, und im Erdgeschoss hat Toni eine eigene separate Wohnung, in der wir wohnen. Ich arbeite bei Paul in der Cocktailbar am See und liebe den Job. Dort kann ich meinen Beruf als Restaurantfachmann ausüben und viele Erfahrungen für mein Studium im Hotel- und Tourismusmanagement sammeln. Ich bin rundum glücklich, und es tut mir leid, dass ich euch angelogen habe. Aber ich konnte nicht …«

Thea hob die Hand, um seine Erklärungen zu unterbrechen. Schweigend stand sie auf, nahm sich ein Glas Sekt und leerte es. Dann griff sie nach einem Zweiten und setzte sich wieder. Basti schluckte nervös. So hatte er sich die Reaktion seiner Mutter nicht ausgemalt. Er konnte immer noch nicht deuten, ob sie wütend, enttäuscht, glücklich oder was auch immer war. Es herrschte erdrückende Stille im Raum. Nur das unerschöpfliche Knistern des Feuers lag in der Luft.

Plötzlich erhellte sich das Gesicht von Bastis Mutter. Sie lächelte und atmete erleichtert aus. »Ich bin glücklich, dass es das ist. Du glaubst nicht, was für Sorgen sich dein Vater und ich gemacht haben. Wir dachten, du lebst in einem Zelt und verwahrlost mit jemandem, der dir was antun könnte. Die Cocktailbar, die du erwähnt hast, haben wir in keinem Reiseführer gefunden. Nicht einmal im Telefonbuch ist sie verzeichnet.«

»Mama, es gibt Internet«, warf Basti dazwischen.

»Lass mich bitte ausreden«, entgegnete sie und nahm einen kräftigen Schluck Sekt. »Du hast uns keine Telefonnummer hinterlassen, nichts außer einer Adresse.

Und dann ruft uns ein Herr Caruso an, von dem wir vorher nie etwas gehört haben und schwafelt was von Familienfeier und dass wir eingeladen seien, weil unser Sohn dabei ist.« Jetzt klang Thea vorwurfsvoll. Sie trank ihr zweites Glas Sekt leer und sah ihrem Sohn in die Augen. »Jetzt verstehe ich den ganzen Trubel erst. Ich bin erleichtert, dass es das ist und nichts anderes. Du glaubst gar nicht, wie viele Nächte ich schlecht geschlafen habe, weil ich dachte, dass es dir nicht gut geht.«

Sie atmete tief durch und besorgte sich ein drittes Glas Sekt. Dann griff sie nach Bastis Hand, zog sie an sich und streichelte über seinen Handrücken.

»Du hast schon früh gerne anderen Jungs nachgeschaut. Als du in die Pubertät kamst, war ich mir fast sicher, dass du schwul bist. Mädchen haben dich nie interessiert. Im Gegenteil, du bist sogar vor ihnen weggelaufen. Dafür warst du mit Hannes auf eine Art und Weise befreundet, die ich bis dahin kaum kannte. Zuerst dachte ich, ihr hättet was miteinander, aber dann hatte Hannes seine erste Freundin. Tag für Tag sah ich in deinem Gesicht, wie alleine du dich gefühlt haben musst, und ich konnte dir nicht helfen. Obwohl es für uns ein Schock war, dass du nach dem Urlaub nicht mehr zurückgekehrt bist, habe ich in deiner Stimme etwas gehört, das ich seit vielen Jahren nicht mehr vernommen hatte. Auch wenn ich mir schreckliche Sorgen gemacht habe, so wusste ich doch tief in mir drin, dass du glücklich bist. Und als ich dich draußen vor dem Hotel mit Lea und Toni gesehen habe, wusste ich sofort, dass nicht Lea deine Freundin ist, sondern Toni dein Freund.« Auf ihrem Gesicht erschien erneut ein glückliches Lächeln. »Du bist mein Sohn. So leicht kannst du mich nicht an der Nase herumführen. Ich bin so froh, dass du deine Liebe gefunden hast.«

Basti sprang aus seinem Sessel und umarmte seine Mutter, so fest er konnte. Tränen der Erleichterung rollten über seine Wangen und wurden vom Stoff ihres Pullovers aufgesogen.

»Jetzt will ich alles wissen, was im letzten halben Jahr passiert ist. Bis ins kleinste Detail«, platzte es aus ihr heraus, nachdem sich die beiden voneinander gelöst hatten.

Begeistert erzählte Basti von seiner ersten Begegnung mit Toni auf dem FKK-Campingplatz, auf den ihn sein bester Kumpel Hannes zum Geburtstag eingeladen hatte. Titus erzählte vom Eifersuchtsdrama zwischen Toni und Basti, der ihn fälschlicherweise für Tonis neuen Lover gehalten hatte. Nur gut, dass sich dieses emotionale Missverständnis wenig später aufgeklärt hatte, denn an diese herzzerreißenden Tage erinnerte sich Basti nur ungern zurück. Und Bella schwärmte von ihrem Alltag mit Basti. Dabei lachte und kicherte Thea, sah ihn aber auch manchmal ermahnend an, so wie es eine Mutter eben hin und wieder tut.

»Jetzt müssen wir es nur noch deinem Vater beibringen«, sagte sie schließlich und es wurde wieder still im Kaminzimmer.

Bastis Magenschmerzen kamen zurück. »Meinst du, er wird es …«

»… verstehen? Ich weiß es nicht. Seit er von dem Streit zwischen Jan und Titus gehört hat, ist er nachdenklicher geworden. Du kennst ihn, er erzählt mir auch nicht alles«, antwortete Thea.

Enttäuscht sank Basti tiefer in seinen Sessel. Seine Angst hatte nachgelassen, nachdem seine Mutter die Wahrheit über seine Sexualität nun aus erster Hand erfahren hatte. Aber sie war nicht verschwunden, und die Hürde, es seinem Vater beizubringen, erschien ihm wesentlich höher.

»Ich möchte mich nicht vor ihm rechtfertigen müssen. Ich will, dass er es selbst herausfindet«, erklärte Basti.

»Du kennst deinen Vater. Manchmal ist er schwer von Kapee. Aber versuche es auf deine Art. Ich stehe zu dir, falls es wie bei Titus schiefgehen sollte«, antwortete Thea und zwinkerte ihm zu.

Obwohl seine Mutter zuversichtlich zu sein schien, spürte Basti wieder Nadeln im Bauch.

Basti war zu nervös, um die Krawatte um seinen Hals zu binden. Mit zittrigen Händen fummelte er am obersten Knopf seines weißen Hemdes herum.

»Lass mich dir helfen«, sagte Toni, trat näher heran und gab Basti einen Kuss. Sorgfältig band er einen einfachen Windsorknoten in den grau-weiß-gestreiften Stoff. Er richtete Bastis Kragen und küsste ihn erneut. »So elegant habe ich dich noch nie gesehen.«

Basti lächelte kurz und ging in der Suite auf und ab. Noch im Kaminzimmer hatte er die Schauspielerei mit Lea für beendet erklärt. Und nachdem er Toni erzählt hatte, was passiert war und was er mit Titus besprochen hatte, waren sie sich wieder so nah wie vor dem Weihnachtsurlaub.

»Es ist Heiligabend. Gleich sitzen wir alle an einem Tisch und essen zusammen. Alle sind schick angezogen und später gibt es Geschenke. Warum freue ich mich nicht?« Er stöhnte leise und ließ sich rücklings auf die Couch fallen.

»Schatz, es wird schon gut gehen. Sei, wie du bist. Wenn dein Vater so reagiert wie Jan, dann ...«

»... dann hat er den besten Sohn verloren, den ein Vater haben kann«, beendete Basti den Satz selbstbewusst.

Toni reichte Basti ein Jackett, in das er hineinschlüpfte. »Genau! Ich bin bei dir. Ich werde immer bei dir sein. Ich liebe dich«, flüsterte Toni in Bastis Ohr und umarmte ihn liebevoll.

Basti genoss die Wärme, die Geborgenheit und die Sicherheit, die Toni ihm gab. »Ich liebe dich auch.«

Im Restaurant des Hotels war eine große Tafel weihnachtlich gedeckt worden. Rote Kerzen, Salzstreuer, die aussahen wie kleine Weihnachtsmänner, und Pfefferstreuer in Schneemannoptik standen mittig auf dem Tisch, der mit einer rot-weißen Tischdecke bedeckt war. Ein großer, prachtvoll geschmückter Weihnachtsbaum zierte eine Ecke des Saals, unter dem ein Haufen Geschenke drapiert war. Die Stühle waren mit Hussen überzogen, die wie zu groß geratene Weihnachtsmützen mit Bommeln aussahen. Leise Weihnachtsmusik untermalte das festliche Ambiente.

Nach und nach trudelten die Gäste ein, einer eleganter gekleidet als der andere. Die Frauen trugen meist schmucke Kleider, die Männer erschienen im Anzug. Kleine

Grüppchen bildeten sich. Mit einem Getränk in der Hand unterhielt man sich fröhlich.

Lea, Toni, Paul und Titus standen abseits und diskutierten aufgeregt über irgendetwas. Basti stand mit seinen Eltern und Nele nahe am Weihnachtsbaum.

Lassen mich hier mit unseren Eltern alleine. Geht's noch?

Innerlich ärgerte sich Basti über die Geheimniskrämerei der anderen. Äußerlich tat er so, als würde er dem Gespräch seiner Eltern lauschen. Was heckten die anderen aus, dass er nicht wissen durfte? Toni hatte ihm gesagt, er wolle nur fünf Minuten mit ihnen reden. Nun waren es bereits zehn.

»Basti, was meinst du dazu?«, fragte seine Mutter.

Ertappt sah Basti sie mit großen Augen an. »Was?«

»Du hast nicht zugehört. Ich sagte, dass deinem Vater der Anzug gut steht und er ihn gerne öfter tragen kann.«

Basti musterte seinen Vater schnell und nickte. »Ja, Papa. Sieht prima aus.«

»Quatsch, ich fühle mich wie in ein Korsett geschnürt«, sagte Herbert und winkte ab.

Plötzlich wurde es still im Saal und alle drehten sich zum Eingang um. Basti, der mit dem Rücken zum Durchgang zwischen Foyer und Saal stand, wirbelte herum. Vor lauter Überraschung wäre ihm fast sein Cola-Glas aus der Hand gefallen, doch die Situation wurde durch einen Schock getrübt. Bewegungsunfähig stand er da und konnte nicht anders, als die beiden Personen anzustarren, die den Saal betraten. Aus den Augenwinkeln sah er, wie Toni und Paul langsam die Kinnladen herunterklappten. Diese Überraschung hatten sie also nicht ausgeheckt, sonst hätten sie nicht wie Statuen dagestanden und sich unbeholfen angesehen.

Endlich spürte Basti seinen Körper wieder und ging vorsichtig ein paar Schritte auf die Neuankömmlinge zu. Hannes stand mit einem breiten Grinsen im Saal und breitete die Arme aus, um Basti zu begrüßen. In seinem dunkelblauen Smoking, der Fliege und den Lackschuhen sah er fast wie ein Model aus. Er hatte scheinbar einige Kilo verloren. Seine hellblonden Haare waren nicht mehr kurz, sondern hingen ihm bis über die Ohren. Zudem waren sie mit dunkelblonden Strähnen durchsetzt.

Zum Schock vieler stand Linda in einem bodenlangen, schwarzen Ballkleid neben ihm. Es war trägerlos, und das von ihren üppigen Brüsten gefüllte Oberteil funkelte im Licht der Deckenbeleuchtung. Ihr dunkelbraunes, gewelltes Haar reichte ihr bis über die Schultern.

Hannes ging zielstrebig auf Basti zu und umarmte ihn so fest, dass Basti nach Luft schnappte.

»Was machst du denn hier?«, stotterte er in Hannes' Ohr.

»Das ist ja mal eine Begrüßung. Darf ich meinen besten Freund nicht besuchen?«, erwiderte der amüsiert.

»Ja, klar. Aber woher wusstest du …«

»Giovanni. Er hat uns eingeladen. Es sollte eine Überraschung sein.«

»Die ist gelungen. Aber warum«, Basti sah zu Linda, die Abstand gehalten hatte, »ist sie hier?«

»Ich bin seit fünf Monaten mit ihr zusammen. Ich weiß, das klingt komisch, nachdem sie dich mit K.-o.-Tropfen betäuben wollte. Aber eines Tages kam sie zu mir. Sie wusste nicht mehr weiter. Ich habe sie ein paar Tage bei mir wohnen lassen, und dann ist es passiert. Ich habe sie wegen ihrer Sexsucht zur Therapie angemeldet und bei der Bewährung und den Sozialstunden unterstützt. Sie ist nicht mehr so wie früher, und ich glaube«, Hannes hielt sich die Hand vor den Mund, »dass ich sie liebe.«

Nach und nach kamen Bastis Eltern, Toni, Paul und Titus auf sie zu und begrüßten Hannes. Nur bei Linda zögerten Paul und Toni noch. Genau wie Basti, der erst zu ihr ging, als sich auch seine Eltern zu Linda gesellt hatten.

»Hallo, Linda«, sagte er ausdruckslos.

»Hallo, Basti. Schön, dich zu sehen, und danke, dass wir hier sein dürfen. Ich möchte mich für alles entschuldigen, was ich getan habe. Ich weiß jetzt, dass ich krank bin, und ich habe mir Hilfe geholt. Ich hoffe, du kannst mir irgendwann verzeihen.«

Toni stellte sich nah neben Basti und gab Linda zur Begrüßung die Hand. Sie entschuldigte sich auch bei ihm und bei Paul. Doch bevor sie von ihrer Therapie erzählen konnte, räusperte sich Giovanni laut, um auf sich aufmerksam zu machen.

»Schön, euch alle zu sehen. Und ich hoffe, dass meine Überraschung funktioniert hat. Es war eine haarsträubende Planung, Hannes und Linda hierher zu verfrachten. Und dann fiel der ganze Schnee. Aber es hat geklappt. Wer Hannes und Linda nicht kennt: Hannes ist Bastis bester Freund und Linda ist seine Freundin und eine ehemalige Mitarbeiterin von mir. So langsam können wir es uns auch am Tisch gemütlich machen, denn so, wie ich gesehen habe, ist die Vorspeise bereits servierfertig.«

Applaus hallte durch den Saal und alle machten sich geräuschvoll auf den Weg zu den Plätzen, die mit Namenskärtchen gekennzeichnet waren.

Nach einem üppigen Fünf-Gänge-Menü stöhnte nicht nur Basti vor Völlegefühl. Er rieb sich behutsam den Bauch und hätte am liebsten laut gerülpst, aber erstens konnte er nicht und zweitens hätte er die Luft aus Höflichkeit herunterschlucken müssen. Also blieb ihm nichts anderes übrig, als ein paar Schritte zu gehen, nachdem alle aufgegessen hatten.

»Kommst du ein paar Minuten mit raus an die frische Luft?«, fragte er Toni, der das Angebot gerne annahm.

Basti ergriff Tonis Hand und schob die Finger zwischen seine. So verließen sie den großen Saal, und damit jeder sehen konnte, dass sie Händchen hielten, schwangen sie sie auf und ab. In Basti kämpften Angst und Neugier um die Vorherrschaft. Am liebsten hätte er den Gesichtsausdruck seines Vaters gesehen, aber er blickte nicht zurück.

»Hast du was dagegen, wenn ich gleich mal kurz mit Hannes alleine quatsche?«, fragte Toni, als sie draußen auf dem geräumten Vorplatz eine Runde drehten.

»Was habt ihr denn alle zu bereden? Und warum darf ich nie dabei sein?«, fragte Basti genervt.

»Es soll eine Überraschung werden«, antwortete Toni knapp.

»Für mich?«, fragte Basti entzückt.

»Nee, für den Mann, der unten im Keller die Kohlen schaufelt, damit das Schwimmbad warm bleibt. Natürlich für dich!«, antwortete Toni und schob kleinlaut hinterher:

»Für wen denn sonst?« Nervös knibbelte er an seinen Fingern herum.

»Das muss ja was Aufregendes sein, wenn du so angespannt bist. Was ist es? Wann bekomme ich es?«

Toni sah ihn entgeistert an. »Wenn ich dir das verrate, ist es keine Überraschung mehr.«

»Stimmt. Einen Versuch war es wert.«

Als sie zurückkehrten, war die Stimmung im Saal ausgelassen. Die Weihnachtslieder, die aus den Lautsprechern dröhnten, waren vor lauter Plauderei kaum zu hören. Es hatten sich erneut Gesprächsgruppen gebildet, die sich aber immer wieder wild vermischten, sodass niemand allein im Raum stand. Sogar Herbert, der gesellschaftliches Beisammensein eher mied, unterhielt sich mit Giovanni und Jan über ein scheinbar ernstes Thema.

Toni führte Basti zu Paul und Titus, die sich mit Bella und Lea unterhielten. Dann ging er zielstrebig zu Hannes, entführte ihn aus Lindas Umarmung und verschwand mit ihm im Foyer. Da Linda sonst kaum jemanden kannte, gesellte sie sich zu Basti und den anderen.

»In der kurzen Zeit, die wir hier sind, tuschelt Toni mit allen möglichen Leuten, aber mir sagt er nichts. Wisst ihr, was da los ist?«, fragte Linda.

Basti bemerkte sofort, dass alle, die Linda gehört hatten, so taten, als wäre es nichts Bedeutsames.

Bellas Blicke trafen Basti zweimal kurz, und auch sie wiegelte die Frage ab. »Ich glaube, dass die sich nur über Weihnachtsgeschenke unterhalten.«

Ist das die Überraschung? Mein Weihnachtsgeschenk? Hoffentlich hat Toni nicht zu viel ausgegeben. Sonst sehe ich noch alt aus mit meiner Kleinigkeit. Wobei, billig waren die Dinger auch nicht.

Gegen 22 Uhr sah Giovanni auf seine teure Armbanduhr und bat lautstark darum, wieder am Tisch Platz zu nehmen.

Als alle saßen, räusperte er sich und lächelte in die Runde. »Ich kann mich nur noch einmal bei euch bedanken, dass ihr an diesem Weihnachtsfest bei uns seid. Ich konnte ja nicht ahnen, dass wir eingeschneit werden. Ich möchte auch noch einmal betonen, dass ich unendlich froh bin, dass mein Sohn Toni endlich seine große …« Giovanni stockte der Atem und sah Basti erschrocken an.

In der Stille blickten nun auch die anderen Gäste zu Basti, der sich im Nu unter Druck gesetzt fühlte. Er schluckte und spürte, wie Toni seine Hand drückte. Früher oder später hatte sich jemand versprechen müssen. In Bastis Magen rumorte es. Er spürte, wie sich kleine Schweißperlen auf seiner Stirn bildeten und sein Gesicht errötete. Auch wenn er es sich nicht so vorgestellt hatte, er konnte es nicht mehr ändern. Ängstlich sah er Giovanni an, zuckte mit den Schultern und schloss die Augen. Seine Muskeln spannten sich an und er drückte Tonis Hand, so fest er konnte.

»Ja, also … ich freue mich, dass Basti und Toni sich gefunden haben. Ich weiß, die beiden lieben sich sehr, und ich freue mich, die Familie Müller in der Familie Caruso willkommen zu heißen.«

Basti wartete auf ein Donnerwetter. Tonis Hand zuckte vor Anspannung.

Basti wagte es nicht, die Augen zu öffnen, als er hörte, wie ein Stuhl rücklings auf den Boden donnerte. Er brauchte sie auch nicht zu öffnen, denn er erkannte die schweren Schritte, die den Saal verließen. Sein Vater war gegangen. Es war still im Raum. Eine Träne rollte ihm über die Wange und tropfte auf seine Hose. Jetzt war das passiert wovor er sich immer gefürchtet hatte. Er hatte seinen Vater verloren.

Basti spürte eine weitere Hand auf seiner und einen Kuss auf seiner feuchten Wange.

»Das wird schon wieder. Ich rede mit ihm«, flüsterte seine Mutter ihm ins Ohr.

Langsam öffnete Basti die Augen und sah zuerst Titus, der ihn mitfühlend ansah. Neben ihm saßen Toni und seine Mutter. Giovanni stand immer noch am Tisch, als wollte er eine Rede halten. Bella hielt sich die ganze Zeit die Hand vor den Mund.

Plötzlich stand Jan auf und schaute in die Runde. Basti erwartete Genugtuung in seinem Gesicht, aber er sah mitleidig aus. Die anderen Gäste blickten nun alle zu Jan und warteten auf seine Reaktion. Titus' Miene verfinsterte sich und seine Körperspannung verriet, dass er bereit zum Gegenschlag war.

»Ik ben niet zo goed in Duits. Kannst du bitte übersetzen?«, wandte sich Jan an Giovanni, der überrascht nickte.

Jan stand auf, lehnte sich an den Tisch und starrte auf die Tischdecke.

»Ich muss mich bei meinem Stiefsohn entschuldigen«, übersetzte Giovanni. »Und ich glaube, eine Entschuldigung alleine reicht nicht aus. Trotzdem will ich es versuchen.«

Jan blickte auf und sah Titus in die Augen.

»Es tut mir leid, dass ich so ausgerastet bin, als du mir erzählt hast, dass du Männer magst«, übersetzte Giovanni weiter. »Ich wurde in einem Glauben erzogen, in dem Liebe nur zwischen Mann und Frau existiert. Das soll keine Ausrede für mein Verhalten sein. Ich möchte nur, dass du verstehst, warum ich so reagiert habe. Ich weiß, dass ich einen Fehler gemacht habe, und ich werde mir Hilfe suchen, um dich besser verstehen und akzeptieren zu können. Es wird Zeit brauchen, aber ich glaube, dass ich das schaffe. Wenn ihr mir die Chance gebt.«

Jans Blick wechselte von Titus zu Nele, Titus' Mutter. Sie sah zu ihrem Sohn, der langsam aufstand. Eine Träne kullerte ihm über die Wange, als er auf seinen Stiefvater zuging. Nun stand auch Nele auf und die drei umarmten sich schluchzend.

»Wenigstens ein Happy End. Möchte noch jemand?«, fragte Giovanni gespielt amüsiert und schaute Toni an, der böse zurückblickte. Basti war von dieser Reaktion überrascht, und Giovanni verging das Grinsen.

»Es wird Zeit für die Geschenke. Die am Baum sind von Bella und mir. Überall steht der Name drauf. Dann wünsche ich euch frohe Weihnachten«, beendete Giovanni seine Rede. Er sah nicht glücklich aus und flüsterte Bella etwas zu, die daraufhin nickte. Giovanni ging zu Jan, redete kurz mit ihm und beide verließen den Saal.

Basti atmete tief durch und versuchte, seine Sorgen abzuschütteln. Er musste jetzt stark sein und wenigstens den Abend überstehen, auch wenn er sich am liebsten unter dem nächstbesten Stein verkrochen hätte.

Wie von Zauberhand ließ Basti sein Geschenk in einer Hand erscheinen und streckte das kleine Rechteck Toni entgegen. »Frohe Weihnachten«, säuselte er, als Toni ihn verzückt ansah.

»Für mich?«, fragte Toni.

»Nee, für den Mann, der unten im Keller die Kohlen schaufelt, damit das Schwimmbad warm bleibt«, parodierte Basti und lachte laut auf.

Toni sah ihn amüsiert an und riss das Geschenkpapier auf. Eine kleine Holzschachtel kam zum Vorschein, die er ganz langsam aufklappte.

»Oh, ist die schön«, stieß Toni hervor und gab Basti einen innigen Kuss.

Basti griff in die Schatulle und zog eine silberne Halskette heraus. Am Ende baumelte ein Anhänger in Form eines halben Herzens. Er öffnete den Verschluss und legte Toni die Kette um den Hals. Eng an Toni gelehnt, schloss er die Öse und küsste Toni zärtlich.

»Guck mal hier«, sagte Basti anschließend und zog dieselbe Kette unter seinem Hemd hervor. »Ich habe die andere Hälfte.«

»Danke«, stammelte Toni und gab Basti noch einen Kuss. Dabei kramte er in seiner hinteren Hosentasche und zog ein flaches Rechteck heraus, das in Geschenkpapier eingewickelt war. Es hatte die Größe eines Briefes. Durch das Tragen in der Hosentasche war das Papier zerknittert.

»Ich bin nicht gut im Einpacken«, entschuldigte sich Toni und überreichte Basti das unscheinbare Geschenk. »Bevor du es öffnest, muss ich dir noch etwas dazu erklären.«

Tonis Hände zitterten. Selten hatte Basti ihn so nervös erlebt.

»Es ist ein ganz besonderes Geschenk. Es ist so groß, dass ich es nicht einpacken konnte«, erklärte Toni und schluckte hörbar. »Das hier ist nur ein Teil davon. Stell dir das wie eine Schnitzeljagd vor. Allerdings muss ich dir sagen, dass du den Schatz erst morgen findest. Aber du kannst schon heute damit anfangen. Und hier drin«, Toni tippte mit einem Finger auf das Geschenk in Bastis Hand, »ist der erste Hinweis.«

Basti mochte solche Rätsel überhaupt nicht. Toni wusste, dass er nicht gut in so was war. Und dann sollte er das richtige Geschenk erst morgen bekommen? Was bitte war so groß, dass man es nicht einpacken konnte? Er blickte Toni etwas zerknirscht an.

»Ich weiß, Basti, aber glaub mir, es wird sich wirklich lohnen«, beruhigte Toni ihn.

»Na gut. Dann kann es ja noch etwas warten, bis ich es auspacke, oder?«, fragte Basti.

Toni nickte zögerlich. Basti sah Furcht in seinen Augen. Das hatte er noch nie bei ihm gesehen.

»Ist alles in Ordnung?«, fragte er besorgt und nahm Tonis zitternde Hände in seine.

»Ja, ich bin nur extrem aufgeregt«, antwortete Toni. Er atmete zweimal tief durch, schüttelte den Kopf und stand auf. »Ich muss mir einen Schnaps besorgen. Willst du auch was trinken?«

»Ja, schau mal, ob du einen leckeren Cocktail für mich auftreiben kannst. Ich hole mal unsere Geschenke vom Baum«, antwortete Basti und gab Toni einen Luftkuss, bevor er zum Weihnachtsbaum schlenderte.

Es tat gut, sich nicht mehr verstellen zu müssen. Endlich konnte er Toni wieder küssen, wann immer er wollte, und ihn vor allen anhimmeln. Seine Mutter freute sich sichtlich mit ihm, auch wenn ihr die dieselben Sorgen ins Gesicht geschrieben standen wie Basti. Wo war sein Vater? Würde er wieder auftauchen? Hatte er ihn endgültig verloren?

»Hat Toni dir dein Geschenk gegeben?«, fragte Bella aufgeregt, als Basti an ihr vorbeiging.

»Ja. Warum?«

Bella fummelte an ihren Fingern herum. »Ach, ich frag nur. Wollte wissen, was du davon hältst.«

»Du weißt, dass ich Ratespielchen nicht mag«, antwortete Basti irritiert.

»Ja, ich weiß. Toni bestand darauf. Und ich muss dir sagen, es wird sich lohen«, flüsterte sie.

»Das wird ja dann diese geheimnisvolle Überraschung sein, von der alle wissen außer mir«, antwortete Basti enttäuscht.

Als Bella ihn mitleidig ansah, wusste er, dass er recht hatte. Aber warum musste er bis morgen warten? Er mochte es nicht, auf die Folter gespannt zu werden.

Kurz nach zwölf Uhr wünschten Titus' Eltern eine angenehme Nacht und verließen den Saal. Bald darauf verabschiedeten sich auch Bastis Eltern und gingen auf ihr Zimmer. Lea warf immer wieder einen Blick ins Foyer, wo sie Mateo gesehen hatte. Nach nur einer Minute ging sie ebenfalls ins hinaus und verschwand mit ihm in den Weiten der Eingangshalle.

»Lange halte ich auch nicht mehr durch«, sagte Giovanni und gähnte. Bella nickte ihm bestätigend zu.

»Willst du nicht wenigstens noch dein Geschenk auspacken, bevor alle ins Bett fallen?«, fragte Hannes leise.

Basti sah auf und musste sich eingestehen, dass er das Geschenk beinahe vergessen hatte.

Er zog es aus der Tasche und riss vorsichtig das Geschenkpapier auf. Wie er vermutet hatte, befand sich ein Briefumschlag darin. Auf dem weißen Papier funkelten ihm mit goldener Tinte geschriebene Worte entgegen.

Für meine einzige und ewige Liebe

»Mach ihn auf«, flüsterte Toni aufgeregt. Alle anderen Anwesenden starrten auf den Umschlag in Bastis Händen.

Basti öffnete den Briefumschlag und ein kleiner Schlüssel fiel heraus. Er fing ihn auf und musterte ihn genau. Er erinnerte ihn an die, die man im Schwimmbad aus den Spinden zog, wenn man seine Klamotten eingeschlossen hatte. Er hatte einen beweglichen Kunststoffkopf, auf dem die Nummer 2512 eingraviert war. Basti schaute ratlos zu den anderen. »Und jetzt?«

»Und jetzt gehen wir ins Bett«, sagte Bella und sah Giovanni ernst an.

»Ich bin auch müde«, sagte Titus und blickte Paul bettelnd an.

»Also, ich würde ja zu den Umkleideräumen des Schwimmbads gehen und nachsehen, ob der Schlüssel irgendwo passt«, sagte Hannes geheimnisvoll.

Toni nickte Basti lächelnd zu.

Nachdem Tonis Eltern, Titus und Paul, auf ihre Zimmer gegangen waren, schlenderten Basti und Toni mit Hannes und Linda zu den Umkleideräumen. Da es nur wenige Spinde zu kontrollieren gab, fanden sie schnell einen verschlossenen Schrank mit der Nummer 2512. Zögernd steckte Basti den Schlüssel ins Schloss. Toni, der neben ihm stand, grinste ihn an, als er langsam die Tür öffnete.

Überrascht sah Basti auf den Inhalt des Schrankes: eine Schraube, eine Dose Bier, ein weiterer Schlüssel, der ihm irgendwie bekannt vorkam, und wieder ein verschlossener Briefumschlag mit der Aufschrift:

Der Beginn unserer Verbindung soll immer dir gehören

Vorsichtig öffnete Basti den Umschlag und zog einen roten Zettel mit silberner Schrift heraus.

Mein liebster Basti,

ich werde nie den Tag vergessen, an dem wir uns zum allerersten Mal gesehen haben.
Weißt du noch, wie du mit einer Bierdose in der Hand auf der Bank gesessen und auf den See geblickt hast? Ich konnte dein Profil nur von hinten sehen, aber ich wusste sofort, dass ich dich kennenlernen musste.
Erinnerst du dich an die unvergessliche Nacht in der Hütte? Wir waren beide aufgeregt wie kleine Kinder. Alles ging sehr schnell, aber ich habe jede Millisekunde

mit dir genossen. Noch in dieser Nacht war ich mir meines nächsten Ziels sicher – dein Herz zu gewinnen.

Diese Gegenstände, die uns verbunden haben und uns immer verbinden werden, möchte ich dir schenken:

- eine Schraube der Bank, auf der wir saßen
- eine Dose Bier, die du in der Hand gehalten und mit mir geteilt hast
- den Schlüssel zur Hütte, in der wir unsere erste gemeinsame Nacht verbracht haben

Für heute ist die Schnitzeljagd beendet. Warte auf den morgigen Tag, um sie fortzusetzen. Ein unscheinbares Piepsen im Hotelzimmer wird dich daran erinnern.

Ich liebe dich!
Toni

»Oh, wie süß«, hörte Basti Linda flüstern.

Er blickte auf und sah in Tonis feuchte Augen.

»Ich bin zu nah am Wasser gebaut«, scherzte Toni und wischte sich die Augen trocken.

Basti musste grinsen. Er erinnerte sich sehr gut an diese Nacht. An seine Aufregung, diesen unglaublichen Kerl neben sich zu haben. An den ersten Kuss und die ersten Berührungen. An seine Unerfahrenheit, die ihm im Weg stand. Seine Sorge, Toni nicht zu gefallen. Es war die Nacht, ihre Nacht, eine unvergessliche Nacht.

Basti schwang sich um Tonis Hals, drückte ihn fest an sich und bedankte sich flüsternd. Er küsste ihn. Erst langsam, dann intensiver. Ihre Zungen spielten Fangen. Laute Atemgeräusche, die beinahe wie ein Stöhnen klangen, hallten durch den Umkleideraum.

»Ich glaube, ihr solltet in eurem Zimmer weitermachen«, sagte Hannes amüsiert und sah Linda an. »Die beiden machen mich scharf!«

Linda blickte entzückt zurück, gab Hannes einen Kuss und verließ mit ihm wortlos den Raum.

Toni und Basti sahen sich verliebt in die Augen. Leise sammelten sie den Inhalt des Spindes zusammen und gingen zügig auf ihr Zimmer.

»Entschuldige, dass ich so ein Geheimnis aus meinem Geschenk für dich mache. Und es tut mir leid, dass es ein Rätsel ist. Aber ich …« Toni stockte, während er sich das Jackett und die Anzughose auszog.

Blitzschnell stand Basti vor ihm, grinste und legte ihm den Zeigefinger auf den Mund. »Psst, sag nichts mehr.«

Er presste seine Lippen auf Tonis Mund und fuhr mit seiner Zunge sanft an Tonis Lippen und Zähnen entlang, bis er auf Tonis Zunge traf. Wie bei ihrem ersten Kuss, damals vor der kleinen Hütte, prickelte seine Zunge. Er umarmte Toni und zog ihn näher an sich heran. Toni entspannte sich, griff nach Bastis Hinterkopf, und aus einem zärtlichen Kuss wurde ein Zungentanz, der einem Wettkampf glich.

Eng umschlungen streichelten sie sich über die Oberkörper, zerzausten sich ihre Frisuren und verloren nach und nach ihre Kleidung. Nur noch mit Unterhosen bekleidet torkelten sie zum Bett und ließen sich darauf fallen. Basti griff, ohne zu zögern, in Tonis enge Unterhose und streichelte das harte und feuchte Stück Fleisch darin. Toni stöhnte auf und verdrehte lustvoll die Augen. Basti knabberte an Tonis Ohrläppchen und suchte sich küssend seinen Weg bis zum Bauchnabel. Langsam zog er Tonis Unterhose herunter. Sein bestes Stück schnellte heraus und schwebte pulsierend über seinem Bauch. Nachdem Basti sich des Stück Stoffs entledigt hatte, küsste er sich bis zu Tonis glühender, dicker Eichel hoch. Dann züngelte er um das Vorhautbändchen herum, entlockte Toni damit einen weiteren lauten Seufzer und sah zu, wie sich an der Schwanzspitze ein durchsichtiger Lusttropfen bildete.

Bastis Herz pochte heftig gegen seine Rippen. Sein Penis streckte sich in der engen Unterhose, und er spürte, wie sein Gesicht zu prickeln anfing. Natürlich wusste er, dass er extrem erregt war. Aber diesmal war da noch ein anderes Gefühl. Oder war es nur ein Gedanke, der sich auftat? Einer, den er schon lange in sich trug, aber immer wieder unterdrückte? Aber diesmal war er furchtlos, ließ den Impuls zu und erfuhr eine Sicherheit, die er bei keinem der Sexabenteuer mit Toni bisher verspürt hatte. Er war bereit, er wollte es, sein Ich verlangte danach.

Basti schob den Kopf hinauf zu Tonis. Er küsste ihn auf die Lippen, auf die Wange und dann aufs Ohr.

»Ich will mit dir schlafen«, flüsterte er mit zitternder Stimme.

Toni riss die Augen auf und sah ihn erschrocken an. Oder war es Verwunderung? Basti stockte der Atem. Hatte er den falschen Zeitpunkt erwischt, um seinen Wunsch zu äußern? Hätte er warten sollen? Aber sie waren doch schon ein halbes Jahr zusammen und hatten genauso lange Sex gehabt. Sie hatten alles voneinander gesehen, gespürt und liebkost. Nur diese eine Sache hatten weder Toni noch er jemals erwähnt.

»Bist du dir sicher?«, flüsterte Toni aufgeregt zurück. Mit großen Augen starrte er Basti an.

Basti nickte selbstbewusst. Er wollte es. Er war sich sicher. Absolut sicher!

Toni griff nach Bastis Kopf und drückte die Lippen auf seine. Ein leises Grunzen verriet, dass Toni nervös war.

»Ich liebe dich! Und du musst mir schwören, wenn es wehtut oder unangenehm ist, dann sag es mir«, bat Toni und hielt dabei immer noch Bastis Kopf in beiden Händen. Basti lächelte zufrieden.

Toni sprang aus dem Bett und lief ins Badezimmer. Zügig kam er mit einer Packung Kondome in der einen und einer Tube Gleitgel in der anderen Hand zurück. Er grinste bis über beide Ohren, als er Bastis überraschtes Gesicht sah.

»Du scheinst ja vorbereitet zu sein.« Basti kicherte. Jetzt machte sich doch Nervosität in ihm breit, jedoch nicht aus Angst vor dem ersten Verkehr, sondern eher aus Unwissenheit.

Toni warf Gleitgel und Kondome ins Bett und legte sich behutsam auf Basti. Er küsste seine Brust, seinen Hals und dann seine Stirn.

»Ich weiß nicht, wie«, hauchte Basti, bevor Toni ihm einen Kuss auf den Mund gab und damit jedes weitere Wort überflüssig machte.

Toni löste sich und streifte ihm die Unterhose vom Körper. Neugierig sah er zu, wie Toni sich ein Kondom überstreifte und es mit Gleitgel benetzte. Dann senkte er den Kopf und küsste Bastis Eichel, dann den Schaft und schließlich den Hodensack. Basti spürte etwas Kaltes,

Glitschiges an seinem Anus, der sich bei jeder Berührung schreckhaft zusammenzog und dann wieder entspannte.

Nun sah er wieder Tonis Kopf, der zwischen seinen Beinen hochschnellte.

»Bereit?«, fragte Toni aufgeregt.

Basti nickte und schloss die Augen. Er spürte, wie etwas Hartes, Dickes, an seinen Schließmuskel klopfte. Sanft, aber unnachgiebig drückte Tonis Eichel gegen seinen Ausgang. Tonis Körper wehrte sich zunächst angestrengt gegen den Eindringling, aber dann verlor er die Kraft, sich zu widersetzen. In einem Moment der Schwäche war es geschehen. Basti spürte einen leichten Druck im Unterleib, als Tonis Eichel die erste Hürde überwunden hatte. Überrascht holte Basti tief Luft.

»Alles in Ordnung?«, fragte Toni leise und beobachtete jede Reaktion, die Bastis Körper machte.

Basti nickte konzentriert. Erneut baute sich ein Druck in Bastis Darm auf, als Toni sich ein wenig weiter in ihn hineinschob. Es war nicht schmerzhaft, vielleicht etwas unangenehm, aber nicht so sehr, dass Basti nicht weitermachen wollte.

Toni ließ sich viel Zeit. Vorsichtig drang er Zentimeter für Zentimeter in Basti ein. Irgendwann ließ der Druck in Bastis Bauch nach und er spürte die Hitze, die Toni in ihm ausstrahlte. Erst jetzt bemerkte er, dass sein eigener Schwanz bereits eine kleine Pfütze auf seinem Bauch hatte entstehen lassen. Und mit jeder Bewegung, die Toni machte, schienen mehr Tropfen seine Eichel zu verlassen. Basti spürte Tonis Becken an seinen Pobacken. Der Druck war verschwunden. Eine angenehme Wärme durchströmte seinen Unterkörper, und bei jedem zögerlichen Stoß stöhnte er leise auf, um seiner eigenen Geilheit Ausdruck zu verleihen.

Toni steigerte seinen Rhythmus, blieb aber sanft und beobachtete Basti aufmerksam. Währenddessen nahm er Bastis feuchten Schwanz in eine Hand und rieb ihn mit jedem seiner Stöße auf und ab. Allmählich baute sich ein unumkehrbarer Druck auf, der Bastis Erlösung prophezeite. Nun bewegte sich auch Toni ein wenig schneller und warf den Kopf in den Nacken. Er stöhnte von Sekunde zu Sekunde lauter. Basti konnte die Anspannung seiner Lust nicht mehr unterdrücken und seufzte zeitgleich mit Toni auf. Als Basti fühlte, wie Tonis Pimmel in ihm dicker und sein Kopf immer roter wurde, ließ er seinem Druck ebenfalls freien Lauf.

Hitze breitete sich in ihm aus und zwischen seinen Beinen pulsierte Tonis Pimmel immer kräftiger. Unkontrolliert stellte sich auch sein Schwanz auf, die Eichel schwoll dunkelrot an und der Druck wurde unerträglich. Er musste beinahe schreien, als ihm der erste erlösende Strahl Sperma direkt ins Gesicht schoss. Sein Penis hüpfte ungehindert auf und ab und versprühte den klebrigen Liebessaft über Brust, Bauch und Hüfte. Mit einem Muskelkater wie nach gefühlten tausend Sit-ups entspannten sich seine schmerzenden Bauchmuskeln und er sackte erleichtert tiefer in die Matratze. Sein Penis zuckte noch ein paarmal unwillkürlich, ehe er schlagartig schrumpfte und Toni erschöpft und stöhnend auf Basti sank. Tonis Brust hob und senkte sich schnell. Basti spürte Tonis Herz so deutlich schlagen, als wäre es sein eigenes. Sein warmer Atem umströmte Bastis Nacken. Während Tonis hartes Stück noch in ihm steckte, beruhigten sich beide für eine Minute.

»Das war der Wahnsinn«, flüsterte Toni atemlos.

»Es war unglaublich«, schwärmte Basti und griff in Tonis dunkelblondes Haar.

Der drückte seinen Oberkörper vom Bett ab, küsste Basti und zog behutsam seinen nach wie vor harten Penis aus ihm heraus. Bastis Schließmuskel zog sich nur zögerlich zusammen. So schön dieser Sex auch war, das gewohnte Gefühl an seinem Anus war fast genauso gut.

Mit zitternden Knien stieg Toni aus dem Bett und versuchte, das Kondom von seinem Penis zu zupfen. Bevor der gesamte Inhalt noch im Bett landete, half ihm Basti aus dem einengenden Gummi. Dabei ließ er es sich nicht nehmen, nochmals an Tonis Penis zu reiben. Reflexartig zog Toni seine Hüfte zurück und keuchte laut auf, als sein rot strahlendes Stück zuckte. Pulsierend richtete sich sein Pimmel auf und Toni presste mit schmerzverzerrtem Gesicht zwanghaft einen Tropfen Sperma heraus, bevor er erschöpft ausatmete.

»Bitte nicht mehr anfassen«, flehte Toni. »Ich muss duschen gehen.«

»Nimmst du mich mit?«, fragte Basti und sah an sich herunter. Die Flüssigkeit auf seiner Brust rann zu seinem Bauch hinunter.

Toni reichte ihm die Hand und zog ihn aus dem Bett. Eng umschlungen stolperten sie ins Bad und wuschen sich die klebrigen Hinterlassenschaften vom Körper.

»Wie geht's dir?«, fragte Toni leise, nachdem Basti und er es sich im Bett gemütlich gemacht hatten. Das Licht war ausgeschaltet und im Hintergrund lief eine Naturdokumentation im Fernseher, die allerdings stumm geschaltet war.

»Gut«, antwortete Basti und kuschelte sich näher an Tonis warmen, nackten Körper.

»Ich meine wegen deines Vaters.«

Basti drehte den Kopf zu Toni. »Ich habe mich entschieden. Für dich, deine Eltern, meine Freunde und meinen Job. Und jetzt muss ich mit den Konsequenzen leben. Ich bin froh, dass ich wenigstens noch meine Mutter habe.«

»Gar nicht traurig?«, fragte Toni.

»Natürlich bin ich traurig. Aber ich kann es nicht ändern. Wahrscheinlich hat er dieselben Gründe für seine Reaktion wie Jan. Ich hoffe nur, dass er eines Tages versteht, dass ich aufgrund meiner Sexualität kein anderer bin und immer sein Sohn bleibe.«

Basti seufzte leise und wünschte sich innerlich, dass irgendwann alles wieder gut werden würde.

Ein ständiges Piepen zwang Basti, die Augen zu öffnen. Nach der kurzen Nacht brannten sie, als hätte man Pfeffer hineingestreut.

Er tastete im Bett nach Toni, fand aber nur die aufgeschlagene Bettdecke. Er rieb sich die Augen und sein Blick wurde klarer. Das Piepsen, das irgendwo aus dem Kleiderschrank kam, nervte ihn langsam. Wo war Toni?

»Verdammt! Was soll der Scheiß?«, fluchte Basti, taumelte aus dem Bett und machte sich auf die Suche nach der Quelle des lästigen Tons. Wütend riss er die Schranktür auf und entdeckte eine Art Miniwecker, der auf einem Briefumschlag stand. Nach einigem Hantieren gelang es Basti, den Wecker zum Schweigen zu bringen. Genervt schnappte er sich den Umschlag und setzte sich aufs Bett. Auf dem Papier glitzerte etwas, das er sich näher ansah.

Guten Morgen, mein Schatz!

Die silberne Schrift auf weißem Papier konnte Basti nur in einem bestimmten Winkel zum Licht lesen. Ungeduldig riss er den Umschlag auf und zog einen Zettel und eine Chipkarte heraus, die aussah wie eine der Karten für die Zimmer des Hotels. Vorsichtig faltete er den Zettel auseinander und war erleichtert, dass hier mit einem normalen Kugelschreiber geschrieben worden war. Die krakelige Handschrift kannte er gut. Es war Tonis.

Ich hoffe, du bist mir nicht böse, weil es so früh ist. Und weil ich nicht neben dir liege. Und weil ich dir kein Frühstück ans Bett gebracht habe. Und weil ...

Egal. Ich werde es wiedergutmachen. Versprochen!

Du erinnerst dich sicher noch an die Schnitzeljagd von gestern. Dieser Brief ist die Fortsetzung, und ich hoffe zutiefst, dass du mein Herzensgeschenk an dich nimmst. Ich habe die Rätsel extra für dich etwas leichter gemacht. Auf der Chipkarte findest du eine Zimmernummer. Dort wirst du weitere Hinweise bekommen. Wir sehen uns gleich.

Dein Toni

Basti ließ sich stöhnend nach hinten auf das Bett fallen. Den Zettel und die Chipkarte pfefferte er in die hinterste Ecke des Betts.

»Muss das sein?«, sagte er zu sich selbst und schloss die Augen.

Warum quält er mich so für ein Geschenk? Hoffentlich dauert der Kram nicht ewig.

Sein Magen knurrte beunruhigend, obwohl sein Hungergefühl eher gering war. Stöhnend wie ein alter Mann erhob er sich aus dem Bett und versuchte, die Leiche, die er im Badezimmerspiegel erblickte, wieder zum Leben zu erwecken.

Es war erst kurz nach acht Uhr, als Basti den Frühstücksraum betrat. Auf dem Weg dorthin hatte er weder Hotelpersonal noch Gäste gesehen. Der Bereich, in dem die Hotelgäste frühstückten, war verlassen. Komplett leer. Nicht einmal das Buffet war gefüllt.

Nachdenklich schlenderte er zum Kaffeeautomaten. Wenigstens funktionierte der, sodass er sich seine Koffeindosis für den Morgen verabreichen konnte.

Wo sind denn alle? Oder schlafen die noch?

Basti streifte langsam durch das Foyer, zog die Chipkarte aus dem Briefumschlag in seiner Hosentasche und erkannte darauf die Zimmernummer 321. Mit rollenden Augen und der Kaffeetasse in der Hand trottete er die Treppe wieder hinauf in den dritten Stock, aus dem er gekommen war.

Gekonnt schob er die Karte in den Kartenleser an der Tür und öffnete sie. Das Erste, was ihm auffiel, war, dass dieses Zimmer das Größte und Luxuriöseste sein musste, das das Hotel zu bieten hatte. Es glich eher einer kompletten Wohnung. Das Zweite, bei dem ihm vor Staunen die Kinnlade herunterfiel, war, dass Tonis und sein Koffer mitten im Raum standen. Vorsichtig stellte er seine Tasse auf einen edel aussehenden Holztisch und kontrollierte grob den Inhalt der Koffer. Sie waren vollständig gepackt. Sogar seine benutzte Unterhose, die er vor dem Duschen im Badezimmer auf den Boden geworfen hatte, lag darin.

Wie kann das sein? Ich war gerade mal fünf Minuten unten im Foyer. Und vor allem: Wer wühlt in meiner Dreckwäsche rum?

Basti sah sich in der Luxussuite um. Sie hatte ein separates Schlafzimmer, eine Art Arbeitszimmer mit Schreibtisch, Vitrine und kleiner Bar. Außerdem ein Badezimmer, das kurz davor war, Wellness- und Saunaparadies genannt werden zu dürfen. Insgeheim hatte Basti gehofft, jemanden im Zimmer zu anzutreffen, Toni oder wenigstens einen Hotelangestellten, aber er war allein.

Ratlos ging er zu den großen Panoramascheiben, durch die er die winterliche Berglandschaft überblicken konnte. Dahinter befand sich eine kleine Terrasse, auf deren verschneiten Holzdielen ein Pfeil aus alten Zweigen gelegt war, der zu einer Plastikkiste zeigte.

Basti schob die große Glastür zur Seite, huschte schnell zu der Kiste und öffnete sie. Auf Polsterauflagen für Gartenstühle lag eine kleine Holzschatulle. Er schnappte sich die Box und eilte zurück ins warme Zimmer. Mit einem lauten Knall schloss er die Glastür, stellte die Holzkiste auf den Tisch und nahm seine Tasse Kaffee, um sich die Hände zu wärmen. Langsam setzte er sich auf einen der Stühle, die um den Tisch standen, schlürfte an seinem Kaffee und starrte gedankenversunken auf die Schatulle.

Erst als Basti merkte, dass er seine Tasse leer getrunken hatte, regte er sich wieder. Er stellte die Tasse auf den Tisch und nahm vorsichtig die Holzkiste in die Hände. Der Bügelverschluss ließ sich leicht nach oben klappen und der Deckel knarzte leise, als Basti das Kästchen öffnete. Er zog einen weiteren Zettel heraus, der neben einem Schlüssel das Einzige war, was sich in der Kiste befand.

Mein Lieber, du hast es beinahe geschafft. Glaub mir, ich war in meinem Leben noch nie so aufgeregt.
Bitte zieh dir warme Schuhe und eine warme Jacke an, wenn du dem nächsten Hinweis folgst. Der Schlüssel wird dir die Tür öffnen, hinter der du mich und deine Überraschung findest. Folge einfach den Herzen.

Ich freue mich auf dich!
Toni

Basti blickte auf und guckte sich um.
Welche Herzen?

Wie Toni ihm geschrieben hatte, hatte sich Basti ein Paar Stiefel und eine Winterjacke angezogen. Mit dem Schlüssel in der Hand verließ er die Suite und blieb verdutzt im Türrahmen stehen. Jetzt wusste er, was Toni mit den Herzen meinte. Überall auf dem Boden waren kleine, rot glänzende Papierherzen verstreut. Basti sah sich um und horchte in die Stille. Niemand war da. Immer wieder fragte er sich, warum Toni solch einen Aufwand für ein Geschenk betrieb. Warum war er nicht einfach im Bett geblieben, um mit ihm zu kuscheln? Und wo zum Geier waren die anderen? Alles kam ihm so unwirklich vor. Als wäre er ganz allein in einem verlassenen Hotel eingeschneit und niemand wusste, dass er dort war.

Wachsam folgte Basti den verstreuten Herzchen in den zweiten Stock hinunter und ging einen langen Gang entlang, bis er vor einer Glaswand stand, die so mit Papier beklebt war, dass er nicht hindurchsehen konnte. Ein größeres Papierherz kennzeichnete die Tür in der Mitte, was wohl darauf hindeutete, dass er hier den Schlüssel benutzen musste. In der Hoffnung, dass der Spuk bald vorbei sein würde, steckte er ihn langsam in den Zylinder, atmete tief durch und drehte ihn um. Er griff nach der Türklinke und drückte sie herunter. Helles Tageslicht schwappte in den Gang und blendete ihn, sodass er blinzeln musste.

Noch bevor er etwas sehen konnte, ertönte Weihnachtsmusik in seinen Ohren. Eine kalte Brise wehte um seinen Kopf und leises Getuschel begleitete den Refrain von *Jingle Bells*. Langsam gewöhnten sich seine Augen an die Helligkeit und er nahm einige Personen wahr, die vor ihm standen. Nach nochmaligem Blinzeln erkannte er schließlich die Umrisse von Toni, der direkt vor ihm stand und über beide Ohren lächelte. Im Hintergrund hatten sich seine alte und neue Familie, Freunde und das Hotelpersonal versammelt. Stehtische waren auf der Dachterrasse verteilt, ein appetitlich aussehendes, kaltes Buffet angerichtet und ein Tisch mit gefüllten Champagnergläsern in Szene gesetzt.

»Warum seid ihr alle hier? In der Kälte? So früh?«, fragte Basti überrascht und entdeckte erst jetzt, dass am Terrassengeländer verteilt rote Luftballons in Herzform festgebunden waren.

»Was ist hier los?«, stotterte Basti überrumpelt.

Toni ging einen Schritt auf ihn zu, küsste ihn auf die Wange und dann kurz auf den Mund. Dann trat er wieder einen halben Schritt zurück und sah Basti tief in die Augen.

»Wir sind erst etwas mehr als ein halbes Jahr zusammen. Trotzdem kommt es mir wie Jahrzehnte vor, denn Monat für Monat spüre ich das Glück, dich bei mir zu haben, die Freude, die du ausstrahlst, deine Gegenwart und deine Liebe für ein ganzes Jahrzehnt. Unser Kennenlernen war wie eine Reise in einem Flugzeug mit Rückenwind. Es ging schnell und wir haben das Ziel früher erreicht als erwartet.«

Basti musste grinsen. Er wusste genau, dass Toni auf seinen vorzeitigen Orgasmus anspielte, als sie sich in der Hütte nähergekommen waren. Aber warum erzählte er ihm das vor den anderen?

»Gleich in der ersten Woche hatten wir unsere erste Krise«, setzte Toni seine Erzählung fort, »die uns am Ende nicht nur mehr zusammengeschweißt hat, sondern auch unsere Familie vergrößert hat.« Toni sah zu Titus und seinen Eltern. »In all den Monaten mit dir ist mir nur Gutes widerfahren. Ich bin glücklich wie nie zuvor. Und das möchte ich nie wieder missen. Niemand kann sich vorstellen, wie groß meine Liebe zu dir ist. Der Ozean wäre nur ein Bruchteil eines Tropfens davon. Ich möchte für immer mit dir zusammen sein.«

Bevor Basti begriff, was gerade geschah, ging Toni vor ihm in die Knie und streckte ihm mit zittrigen Fingern einen silbernen Ring entgegen.

»Möchtest du mich heiraten?«

Wäre der Wind nicht gewesen, hätte man in zehn Kilometern Entfernung ein Eichhörnchen furzen hören können. Es war so still, als wäre die Zeit angehalten worden. Bastis Brustkorb bewegte sich keinen Millimeter. Er fühlte sich wie vor ein paar Monaten, als er Toni und Titus bei dem Kuss erwischt hatte. Diesmal brach es ihm nicht das Herz, aber er war genauso überfordert wie damals.

Vor ihm kniete der liebste Mensch der Welt – seine große Liebe – und reichte ihm zitternd einen Ring. Dazu die weit geöffneten Augen mit dem Hundewelpenblick, dem Basti niemals widerstehen konnte. Der kurze Antrag, den Toni scheinbar auswendig gelernt hatte, und die Spannung, die die Umgebung knistern ließ, all das brachte sein Herz, das für einen Moment stillgestanden hatte, wieder zum Schlagen. Und es schlug nicht nur hart gegen seinen Brustkorb, es fühlte sich an, als würde es strahlen wie die Sonne und alles im Umkreis erwärmen. Mit dieser Energie hätte er den Schnee rundum zum Schmelzen bringen können. Erst als sich die Wärme in Bastis ganzem Körper verteilt hatte, kam er wieder zu sich und sein Gehirn übernahm wieder seine üblichen Aufgaben: denken, denn in

Tonis Gesicht zeichneten sich langsam Sorge und Unsicherheit ab.

Hannes machte einen Schritt auf Basti zu und flüsterte ihm zu: »Sag was!«

Basti zuckte zusammen, als wäre er aus einem Traum erwacht. Etwas passierte in ihm. Er konnte es nicht kontrollieren. Plötzlich rollten Tränen über seine Wangen. Sein kehliges Schluchzen durchdrang die kalte Winterluft. Mit bibberndem Kiefer stotterte er erst leise und wurde bei jedem Wort lauter.

»Ja! Ja, ja, ja. Ich kann es nicht glauben. Ja!«

Beim letzten Ja applaudierten und jubelten die Anwesenden lautstark. Basti ließ sich von Toni den Ring anstecken. Dann stand er auf, nahm Bastis Kopf zwischen seine Hände und küsste ihn.

»Ich liebe dich so sehr.«

»Ich dich noch viel mehr.«

Die Musik wurde lauter. Alle gratulierten begeistert. Die Überraschung und die Freude ließen ihn schweben wie im Rausch. Nur langsam kam Basti wieder im Hier und Jetzt an. Er konnte es kaum fassen. Er war jetzt verlobt. Richtig verlobt. Mit Ring und allem Drum und Dran. Verliebt schaute er zu Toni, der von seiner Familie in Beschlag genommen wurde. Dennoch erwiderte er den Blick und hauchte ihm einen Kuss zu.

Im Trubel blickte Basti in die Gesichter aller Anwesenden. Da standen Hannes und Linda. Wer hätte gedacht, dass aus diesem Urlaubsflirt eine feste Beziehung werden würde? Trotz der widrigen Umstände um Linda hatte Hannes die Herausforderung angenommen, und sie sahen glücklich aus.

Dann war da noch Titus, der bei seinem Liebsten Paul stand. Der junge Niederländer hatte nicht nur Basti den Kopf gewaschen, sondern auch Paul den Kopf verdreht, dem unscheinbaren, blonden Jungen, der alleine Hunderte von Gästen in einer Cocktailbar zufriedenstellen konnte, ohne in Stress zu geraten.

Ganz in der Nähe waren Titus' Eltern, Nele und Jan. Im Grunde waren sie sehr liebe Menschen, auch wenn Jan eine extrem eintönige Vorstellung von Beziehungen hatte. Trotzdem spürte Basti, dass Jan alles daransetzen würde, sein Bild von gleichgeschlechtlicher Liebe mithilfe einer Therapie der heutigen Realität anzupassen.

Etwas abseits vom Trubel unterhielten sich die Hoteldirektorin, Mateo und Lea. Frau Hofschnapper liebte ihren Beruf wirklich. Sogar in diesem Moment konnte sie es nicht lassen, die Tischdekoration wieder an ihren Platz zu schieben. Lea hatte Mateo gefunden. Die beiden hielten Händchen und sahen sich verliebt an. Ob die Beziehung langfristig halten würde, wollte Basti nicht vorhersagen. Er wünschte den beiden auf jeden Fall alles Gute.

Nicht zu vergessen Bella und Giovanni. Er erlebte sie täglich auf dem Campingplatz, wohnte mit ihnen unter einem Dach. Giovannis familiäre Art hatte Basti direkt eingenommen. Bella entwickelte sich zu Bastis engster Vertrauensperson. Ohne ihren Rat und ihre Meinung konnte er sich nicht mehr vorstellen, irgendwelchen Problemen entgegenzutreten.

Und zuletzt Thea, seine Mutter, die er selten so aufgeregt erlebt hatte. Sie lächelte unentwegt, als wäre sie Großmutter geworden. Aus dem Augenwinkel sah er eine Person auf seine Mutter zukommen. Es war sein Vater, der sein Sektglas erhob und ihm lächelnd zuprostete. Basti konnte es nicht glauben, er kam auf ihn zu und umarmte ihn fest.

»Deine Mutter hat mir alles erzählt, was ihr im Kaminzimmer besprochen habt. Ich bin froh, dass du einen so netten jungen Mann wie Toni kennengelernt hast. Ich freue mich für euch. Aber es wäre mir lieber gewesen, wenn ich von dir erfahren hätte, dass du schwul bist, als von Giovanni.«

»Sorry«, entschuldigte sich Basti und erwiderte die Umarmung seines Vaters.

Erleichtert warf er einen Blick auf Toni, der nur wenige Meter von ihm entfernt stand. In diesem Moment vermisste er ihn an seiner Seite. Aber schon bald würden sie getraut sein. Für immer zusammen. Nie wieder allein.

KI-generiertes Bild

Camping Naturell – Reihe

Band 1: Das erste Mal

Band 2: Tonis Geheimnis

Band 3: Fest der Liebe

www.charly-van-avalon.de

www.ingramcontent.com/pod-product-compliance
Ingram Content Group UK Ltd.
Pitfield, Milton Keynes, MK11 3LW, UK
UKHW042136171224
452513UK00004B/235